MEHR ALS NUR FREUNDE

JULES BARNARD

Kapitel Eins

Nessa

Ich sitze in der Friendzone fest. Schon wieder. Warum ist das mit mir und dem männlichen Geschlecht immer so?

Ich lade Drinks von meinem Cocktailtablett ab und blicke verstohlen zu Zach und dieser Frau hinüber.

Zuverlässig wie ein Uhrwerk kommt sie jeden Monat ins Blue Casino. Sie ist wunderschön, mit kurzen platinblonden Haaren und einem herausgewachsenen Pixie-Haarschnitt, dessen Strähnchen sie immer hinter ihr Ohr steckt. Heute Abend trägt sie High Heels und ein hautenges schwarzes Minikleid. Seit der Erfindung von Botox und Schönheitsoperationen ist es schwer zu sagen, aber sie sieht älter aus als Zach. Vielleicht Mitte dreißig.

Der Barkeeper der Sportbar, in der ich abends arbeite, Jimmy, schüttelt den Kopf. »Er hat dich nicht verdient, Mädchen.«

»Was?« Ich schiebe ihm das letzte leere Glas zu. »Ich finde es nur faszinierend.«

Blondie überreicht Zach eine Schlüsselkarte aus Plastik. Er starrt die Karte an, dann blickt er auf.

Direkt zu mir, weil ich ihn anstarre. Schon wieder.

Unsere Blicke treffen sich, und für einen Augenblick blitzt Schuld in seinem Gesicht auf.

Ich wende den Kopf wieder der Bar zu, meine Hände zittern. *Kacke.*

»Bestimmt findest du das faszinierend«, kichert Jimmy, der gerade den Tresen abwischt.

Ziemlich sicher vermutet jeder, dass ich in Zach Elliott verknallt bin. Jeder außer Zach selbst. Oder vielleicht weiß er es und es ist ihm egal. Zach ist mein Kumpel – mein Kumpel, mit dem ich Babys machen möchte.

Ich seufze und schließe fest die Augen, um gegen die Frustration anzukämpfen, mit der ich schon mehr als ein Jahr lebe. Zach achtet besonders darauf, dass wir *nur* Freunde sind. Es ist demütigend. Ich schmachte, während er mich passiv zurückweist.

Die Frau, bei der er steht, geht weg, und er zeigt den Kameras an der Decke seine Hände, um dem Casino zu beweisen, dass er keine Karten oder Bargeld im Ärmel hat. Er bereitet sich darauf vor, seinen Blackjack-Tisch zu verlassen. Um *ihr* zu folgen. Wie er es *jeden verdammten Monat* tut.

Warum ihr? Warum nicht mir?

Das Schlimmste ist, dass die Blondine nicht einmal Zachs einzige Eroberung ist. Er hat ständig Sex mit irgendwelchen Frauen. Glücklicherweise sehe ich ihn dabei für gewöhnlich nicht, höre aber immer wieder von den Frauen, die sein Haus zu allen möglichen Tages- und Nachtzeiten verlassen. Er flirtet mit jeder. Außer mit mir.

Ich knalle mein Tablett auf den Tresen und Jimmy hebt eine Augenbraue. »Tut mir leid«, murmle ich.

Reiß dich zusammen, Nessa. Ich kann das nicht mehr an

mich heranlassen. Ich bin nicht ich selbst und das ist einfach nicht richtig.

Jimmy hat recht. Zach hat mein Herz nicht verdient. Aber ich kenne ihn eben. Er ist lieb und lustig und wunderbar. Es gibt Idioten, denen es nur um Sex geht und die Frauen wie Dreck behandeln. Aber Zach ist nicht so… obwohl sein Verhalten im Moment, da er sich auf das Treffen mit Blondie vorbereitet, nicht gerade glänzend ist.

Ich lege mir eine Hand auf die Brust. Es tut so schrecklich weh. Warum tue ich mir das an?

Ich muss mir ein Beispiel an Zach nehmen. Ich sollte rausgehen und mich verabreden. Ich werde keinen Gelegenheitssex haben. Das kenne ich schon. Der One-Night-Stand in meinem letzten College-Jahr hat mich so leer zurückgelassen, dass ich lange Zeit danach keine Dates mehr hatte. Aber ich bin seit anderthalb Jahren von Zach besessen. Seit ich an der San Francisco State University meinen nutzlosen Abschluss in Kommunikationswissenschaften gemacht habe und mit einer Freundin nach Lake Tahoe gezogen bin.

Meine Freundin zog weiter. Ich aber nicht.

Zach war einer der ersten Menschen, die ich bei meiner Ankunft kennenlernte. Und anfangs spürte ich diesen Funken zwischen uns. Ich ertappte ihn dabei, wie er mich *so* ansah. Mit Leidenschaft und Sehnsucht – kurz bevor er sich den Ausdruck aus dem Gesicht wusch und mich mit irgendeinem kindischen Spitznamen ansprach.

Er behandelt mich wie seine kleine Schwester, und das macht mich verrückt. Ich könnte mir die Haare ausreißen. Was nicht gut aussehen würde. Meine langen schwarzen Haare reichen bis zur Taille und sie sind mein bestes Merkmal. Irgendetwas hält Zach zurück, und ich habe es satt, ihm hinterherzulaufen. Am besten wäre es für mich, all das zu vergessen und aufzuhören, von etwas zu träumen, was nie geschehen wird.

Ich liefere ein Tablett mit neuen Getränken ab und suche aus schlechter Gewohnheit nach der Person, die mich in den Wahnsinn treibt.

Zach ist immer noch nicht wieder zurück an seinem Blackjack-Tisch. Und leider weiß ich, was das bedeutet.

Mein Magen verkrampft sich, meine Ellbogen pressen sich in meine Seiten. Durch die Bewegung neigt mein Tablett sich und die darauf liegenden Serviettenflattern zu Boden.

»Brauchst du Hilfe, Ness?« Ich blicke auf und sehe in Sals leuchtend blaue Augen.

Sal ist ein Einheimischer, der regelmäßig vorbeikommt, um sich irgendwelche Sportmannschaften anzusehen, die auf den großen Bildschirmen spielen. Er und eine Gruppe von Stammgästen treffen sich jede Woche. Manchmal auch zweimal pro Woche.

Ich bücke mich und sammle die Servietten auf. »Schon okay, Sal. Danke.«

»Alles in Ordnung?« Sein Ausdruck ist warm, besorgt, als sähe er in meinem Gesicht etwas, das ihn beunruhigt.

Sal ist ein guter Kerl und sieht nicht schlecht aus. Er ist etwa in meinem Alter, hat umwerfende blauen Augen, gebräunte Haut und sandblonde Haare. Leider zieht er sich an wie der letzte Penner. Mit ausgefransten Jeans, deren Säume auf dem Boden schleifen. Seine T-Shirts sind so abgenutzt und dünn, dass sie fast durchsichtig sind. Aber das ist nicht der Grund, warum ich mir nichts mit ihm vorstellen kann.

Ich kann mir mit niemandem etwas vorstellen, außer mit Zach. Und das muss sich ändern.

»Ja, ich hatte einfach eine beschissene Nacht.« Ich werfe die Servietten auf mein Tablett und richte mich auf.

Sal legt seinen Arm um meine Schultern. »Trink heute Abend etwas mit uns, Ness. Wir gehen gleich zu Farley's.«

Farley's ist eine kleine Kaschemme ein paar Straßen weiter. Dort wird regelmäßig Sackloch gespielt, was unter den Einheimischen sehr beliebt ist. Ich nehme nie Angebote von Männern an, die mich im Blue anmachen, was angesichts meiner Arbeitskleidung häufig vorkommt. Das ist bei dem paillettenbesetzten Bustier und den Satin-Hotpants auch kein Wunder. Aber Sal und seine Freunde sind entspannt. Das Bier in ihren Flaschen ist ihnen wichtiger als die hübschen Frauen, die sich in der Bar herumtreiben. Sie sind nicht darauf aus, Fantasien von sexy Kellnerinnen auszuleben.

Sals Blick schweift nach oben und bleibt stehen. Ich folge seinen Augen und sehe meine Freundin Mira hereinspazieren, was erklärt, warum sich sogar Sals Kopf gedreht hat. Er mag entspannt sein, aber er ist dennoch ein Mann.

Mira ist umwerfend schön. Ein Mann müsste tot sein, um sie nicht zu bemerken. Schade, dass sie vergeben ist. Sie ist in einer ernsthaften Beziehung mit Tyler, dem Bruder meiner Freundin Cali. Mira ist das, was man temperamentvoll nennen würde. Niemand hätte gedacht, dass ein Mann durch ihre harte Schale dringen und ihren weichen Kern finden könnte, aber Tyler bewies, der Herausforderung gewachsen zu sein. Sie scheinen sehr glücklich miteinander. Und ich bin nicht eifersüchtig, dass alle meine Freunde plötzlich sesshaft geworden sind. Ganz und gar nicht.

Okay, ein bisschen.

Miras Blick überfliegt die Leute in der Bar, auf der Suche nach mir. Ich winke sie heran.

Sal lächelt mich an. »Sag mir Bescheid, wenn du kommen willst«, sagt er und wendet sich seinen Freunden zu.

»Hey.« Mira lässt ihr Handy in ihre Handtasche fallen. Sie muss gerade von der Arbeit gekommen sein. »Ich wollte fragen, ob das mit den Tacos morgen Abend noch steht.«

»Tut es das nicht immer?« Zach veranstaltet jeden Mittwoch ein Taco-Dinner bei ihm zu Hause. Es war eines der ersten Dinge, zu denen er mich eingeladen hat.

Ich raufe die Servietten zusammen, die heruntergefallen sind. Jetzt, wo sie den Boden berührt haben, sind sie nutzlos.

»Alles in Ordnung?«

»Ja.« Ich lächle schwach. »Ich bin einfach nur schlecht gelaunt.«

Mira verzieht verwirrt das Gesicht.

Okay, normalerweise bin ich nicht launisch. Trotzdem hat ein Mädchen das recht, ab und zu schlecht drauf zu sein. Vielleicht nehme ich Sals Angebot an. Ich könnte einen Tapetenwechsel gebrauchen. Zach mit dieser Frau weggehen zu sehen, hat mir die Stimmung vermiest.

Ich trete beiseite und ziehe Mira mit mir. »Das legt sich bald wieder. Ich habe nur einen dieser Tage. Sal hat mich auf einen Drink nach der Arbeit eingeladen, um etwas Dampf abzulassen.«

Mira mustert Sal über meine Schulter hinweg. Sie hatte eine schwere Kindheit, mit Alkohol- und drogenabhängigen Eltern. Sie hat viel überwunden, was sie zu einer wirklich guten Menschenkennerin gemacht hat. »Niedlich, aber...«

»Ich weiß. Er könnte einen Kleidungswechsel gebrauchen. Aber es ist nicht so wie du denkst. Sal ist ein Stammkunde. Wir sind Freunde.«

»Soll ich nicht trotzdem lieber mitkommen?«

»Nein, ich komme schon klar.«

Mira drückt sanft meinen Arm. »Nessa, ist wirklich alles in Ordnung?«

Ich habe niemandem von meiner Schwärmerei für Zach erzählt, auch wenn es vielleicht viele vermuten. Wir sind alle Freunde, und über meine wahren Gefühle zu sprechen, könnte die Dinge zwischen uns unangenehm machen.

»Es geht mir gut. Sehen wir uns morgen bei Zach?«

»Ja. Ich habe sogar Kekse gebacken.«

»Oh wow…« Ich lege ihr meinen Handrücken auf die Stirn. »Hast du Fieber oder sowas?«

Mira lacht. »Nein. Tyler und ich hatten gestern Abend Lust auf Plätzchenteig. Wir haben einen halben Behälter aufgefuttert und erst aufgehört, als wir fast geplatzt wären. Mit dem Rest habe ich Kekse gebacken.«

»Das ist also gekaufter Plätzchenteig?«

Sie macht ein komisches Geräusch in ihrem Rachen. »Natürlich.«

»Puh, da habe ich mir einen Moment lang Sorgen gemacht.«

Mira kichert und geht weg. »Ich habe in letzter Zeit viel gekocht«, sagt sie über ihre Schulter. »Achtung - ich bin eine echte Hausfrau geworden. Das nächste Taco-Dinner könnte bei mir zu Hause stattfinden.«

Oje. Zach ist der Einzige in unserem kleinen Freundeskreis, der tatsächlich kochen kann. Mira am Herd ist eine beängstigende Vorstellung. Ihre neue Stelle als Assistentin einer Topmanagerin bei Blue ist perfekt für sie. Sie liebt es, Menschen in der Personalabteilung herumzukommandieren. Aber kochen? Soweit ich weiß, hat sie noch nie für jemanden gekocht. Vielleicht hat sie an Tyler experimentiert. Wenn ja, dann hat der arme Kerl sich für uns alle geopfert.

Ich gehe zu Sal hinüber und stupse seinen Arm mit

meinem Ellbogen. »Hey, ich glaube, ich komme heute Abend mit.«

»So gefällst du mir.« Sal grinst.

»Ich habe um Mitternacht Feierabend, also in etwa einer Stunde. Passt das?«

»Natürlich. Die Jungs gehen vielleicht früher, aber ich bleibe hier und warte auf dich.« Er nickt zu den Fernsehbildschirmen. »Sie zeigen gleich wieder Höhepunkte vom Spieltag.«

Ich bereite mich auf das Ende meiner Schicht und mental darauf vor, Zach für einen Abend aus meinen Gedanken zu löschen — sogar noch länger, wenn ich es schaffe, an meinen Überzeugungen festzuhalten und über ihn hinwegzukommen.

Wenn ich es schaffe, zu vergessen, dass es jemals ein *»Wir«* hätte geben können.

Kapitel Zwei

Zach

»D a ist ja mein Hübscher.«

Alexis sitzt mit einem Glas blutrotem Wein in der Hand auf dem Bett, als ich ihr Zimmer betrete. Ich habe die Schlüsselkarte benutzt, die sie mir gegeben hat. Ihre Blue-Suite ist erstklassig und verfügt über eine voll bestückte Bar mit Blick auf die Berge und den See – sie hat keine Kosten gescheut.

Sie kommt herüber und greift mir an den Hintern, während sie sich streckt um mir einen Kuss auf den Mund zu drücken. In letzter Sekunde drehe ich den Kopf, und ihr Kuss landet auf meiner Wange.

Ihr Mund verzieht sich zu einem kindlichen Schmollmund, der nicht im Geringsten attraktiv ist.

Ich gehe tiefer in den Raum, hauptsächlich, um Abstand zwischen uns zu schaffen. »Warum bist du in der Stadt?«

»Darf eine Dame nicht ihren Lieblingsjungen besuchen?«

Die Muskeln in meinen Schultern spannen sich an. »Mann. Ich bin jetzt ein Mann, Alexis.«

Ihre Augen funkeln. »Ja, das bist du.« Sie geht auf mich zu und fasst mir an den Schwanz.

Komisch. Sogar mein Schwanz weiß, wann er weglaufen und sich verstecken soll.

Ich weiche zur Seite und löse mich aus ihrem Griff. »Hör zu, Alexis, ich habe heute Abend viel zu tun. Ich kann nicht mit dir plaudern.« Stimmt nicht, aber ich will nicht hier sein.

Als Alexis mich unten an meinem Blackjack-Tisch in die Enge getrieben und mir öffentlich ihre Schlüsselkarte übergeben hat, war ich stinksauer. Wir haben unsere Beziehung immer geheim gehalten. Aber anstatt den Pit Boss anzusehen, oder einen der anderen Leute, die etwas dagegen haben könnten, dass ich mich mit Gästen des Casinos einlasse, fiel mein erster Blick zu der Sportbar, in der Nessa arbeitet.

Nessa spähte bereits in meine Richtung. Sie wandte ihren Blick sofort ab, aber ich dachte, sie hatte die Übergabe vielleicht mitbekommen. Ich hatte den unbändigen Drang, Alexis' Schlüsselkarte in zwei Hälften zu brechen.

»Liebling.« Alexis schlendert zum Esstisch aus Chrom und Glas, wo sie ihr Weinglas abstellt. »Du siehst müde aus. Du hattest einen langen Arbeitstag. Zieh deine Schuhe aus. Geh ins Badezimmer und nimm eine heiße Dusche. Danach wirst du dich viel besser fühlen.«

»Nein, danke. Ich werde nach Hause gehen.«

Alexis war nach dem Unfall meiner Mutter vor acht Jahren für mich da, und es fällt mir schwer, sie sitzenzulassen. Ich fühle mich ihr gegenüber verpflichtet.. Aber diese Verpflichtung ist in letzter Zeit immer schwerer zu ertragen. Ich drehe mich um und will gehen.

»Zach«, sagt Alexis. »Ist alles in Ordnung?« Sie kommt

herüber, ihr Gesichtsausdruck ist sanft. Aber ich weiß es besser. Alexis' Herz ist undurchdringlich. Auf ihre Art mag sie mich, aber ich empfinde es nicht mehr als aufrichtig. Ich frage mich sogar, ob ihre Zuwendung jemals echt war oder nur aus ihrem eigenen Egoismus entstand.

»Es ist alles in Ordnung. Ich bin nur müde.« *Geistig mehr als körperlich.*

Sie greift nach den Knöpfen an meinem Hemd.

»Stop.« Ich schiebe ihre Hände beiseite.

Dieses Mal wird meine Reaktion nicht mit einem Schmollmund quittiert, sondern mit einem Blick, der echte Frustration erkennen lässt. »Was ist dein Problem? Ich habe mich immer um dich gekümmert. Seit deine Mutter... Nun, seit Jahren. Ich bin diejenige, die für dich da gewesen ist und so dankst du es mir?« Sie lässt die Hände fallen, dreht mir den Rücken zu und starrt aus dem weiten Fenster mit Blick auf meine Heimatstadt.

Ich seufze. Alexis weiß genau, wie sie mir ein schlechtes Gewissen machen kann. Ihr Handeln mag auf Egoismus beruhen, aber sie hat recht. Sie war die beste Freundin meiner Mutter, und auf irgendeine verkorkste Art und Weise ist sie für mich wie eine Mutterfigur gewesen.

Eine Mutter, die ich ficke. Herrgott, ist das daneben.

»Ich möchte nicht respektlos sein.« Und jetzt fühle ich mich wie ein Arsch. Aber Alexis bedrängt mich manchmal zu sehr und ich stehe nicht darauf. Schon seit Jahren nicht mehr. Ich wäre lieber nur mit ihr befreundet. Was wir gemacht haben – ist falsch.

Alexis und ich haben eine Affäre seit ich sechzehn war und sie dreißig. Ich musste ihr schwören, es niemandem zu sagen, weil sie meinte, die Leute würden es nicht verstehen. Ich wusste, sie könnte in Schwierigkeiten geraten, weil sie mit mir zusammen war. Ich hatte kein Problem damit, alle anzulügen, solange ich dafür ihre Aufmerksamkeit bekam.

Jetzt bin ich vierundzwanzig und weiß es besser. Meine Gründe, unsere Beziehung geheim zu halten, haben nichts damit zu tun, Alexis vor der Polizei zu schützen. Ich will nicht, dass die Leute von uns wissen, weil ich mich schäme. Aber diese Sache läuft schon so lange, dass ich nicht weiß, wie ich sie beenden soll. Die wenigen Male, die ich es versucht habe, hat sie eine Szene gemacht. Genau wie jetzt gerade.

»*Zach*, du hörst gar nicht zu! Was ist nur los mit dir? Hör auf, dich zu wehren.« Sie greift wieder nach den Knöpfen meines Hemdes, und ich lasse sie gewähren. »Nach einer Dusche wirst du dich viel besser fühlen. Und dann, wer weiß?« Sie blickt auf und lächelt lasziv.

Ich lege meine Hand auf ihre, halte sie an meine Brust und zwinge sie, aufzuhören. »Ich werde duschen, dann gehe ich. Nichts weiter, Alexis. Ich bin nicht interessiert.«

Sie tritt zurück. »Aber natürlich.« Sie geht zu ihrem Glas Wein und nimmt einen Schluck. »Lass dir Zeit. Ich möchte, dass du glücklich bist und dich bei mir zuhause wohlfühlst.«

Ich schüttle den Kopf. »Das hier ist eine Hotelsuite, nicht dein Zuhause.«

Sie winkt ab und geht zu einer Chaiselongue. »Das ist dasselbe. Jetzt beeil dich. Deine Dusche wartet.«

Ich gehe ins Bad und schließe die Tür. Ich ziehe mich so schnell wie möglich aus. Ich könnte eine Dusche gebrauchen, aber lieber bei mir zu Hause. Alexis wird böse, wenn ich nicht tue, was sie sagt. Es ist besser, sie zu besänftigen und einfach zu duschen, als sich mit ihrem Gemaule herumzuschlagen.

Aber ich ficke sie nicht. Ich bin nicht in Stimmung – kann mich nicht erinnern, wann ich das letzte Mal in Stimmung war. Das heißt aber nicht, dass ich es nicht getan habe. Ich bin an der Sache genauso schuld wie sie.

Ich drehe den Duschkopf auf und lasse den Dampf weg. Ich hüpfe nur schnell rein und wieder raus, ohne Schnickschnack. Gerade lange genug, um ihr das Gefühl zu geben, dass sie sich um mich kümmert, und sie mir vom Hals zu schaffen.

Ich seife meinen Kopf und Körper mit dem hoteleigenen Shampoo ein, schließe die Augen, damit kein Schaum hineinrinnt – und spüre einen Luftzug, als hätte sich die Badezimmertüre geöffnet.

Scheiße! Ich hätte abschließen sollen. Alexis kennt die Bedeutung von Grenzen nicht.

Aber ich sage nichts. Vielleicht ist sie nur hereingekommen, um etwas zu holen, aber das bezweifle ich stark.

Das Geräusch der aufgleitenden gläsernen Duschtüre sagt mir, dass ich recht habe.

Davor steht Alexis mit verschränkten Armen und gafft mich an. »Mmmm, du siehst lecker aus. Hast du in letzter Zeit viel trainiert?«

Ich wasche das Shampoo herunter und drehe das Wasser ab. »Du weißt, dass ich viel trainiere. Reichst du mir ein Handtuch?« Sie blockiert den Ausgang und fängt an, mich zu nerven.

Alexis starrt auf meinen Schwanz, der immer noch schlummert. Keine Regung. Nichts. Und ich kann an ihrem Gesichtsausdruck erkennen, dass sie gern etwas dagegen unternehmen würde.

»Das Handtuch, Alexis.«

Sie verdreht die Augen und reicht mir das Handtuch, wobei sie mir gerade so weit aus dem Weg geht, dass ich zwar an ihr vorbeikomme, aber dabei ihren Körper berühren muss.

Ich ignoriere ihre Anwesenheit und ziehe mich schnell an. »Danke für die Dusche. Ich gehe jetzt besser.«

Alexis folgt mir aus dem Badezimmer. »Ist das alles?

Du willst wirklich nicht bleiben? Zach, du weißt, ich kann mich um dich kümmern und dir helfen, dich zu entspannen.« Sie lächelt und blickt mir in den Schritt.

Das, was wir gehabt haben, will ich nicht mehr. Und nie war das offensichtlicher als heute Abend, als Nessa mich und Alexis zusammen gesehen hat. Ich fühle mich so schmutzig. Aber ich muss Alexis an einem anderen Ort sagen, dass es vorbei ist – an einem Ort, an dem ich mit ihr auf Augenhöhe bin. Nicht in dieser verdammten Suite, in der ich mich schwach und schmutzig fühle und die mich an jedes Mal erinnert, als wir zusammen waren.

»Nicht heute Abend.«

———

DAS ERSTE, was ich sehe, als ich aus dem Aufzug trete, nachdem ich Alexis' Hotelzimmer verlassen habe, ist Nessa, wie sie auf einen Kerl zugeht, der eine Chargers-Kappe und Flip-Flops trägt. Nessa trägt enge schwarze Jeans, die sich an ihre perfekten Kurven schmiegen und ein langärmeliges T-Shirt. Über ihrem Unterarm hängt ein Sweatshirt. Der Frühling geht zu Ende, der Sommer fängt gerade an. Tagsüber ist es warm, aber die Nächte sind immer noch kühl.

»Bereit?«, höre ich den Kerl fragen, als ich näherkomme.

Nessa sieht auf und unsere Blicke begegnen sich. Zuerst scheint sie überrascht, dann sehe ich, wie der Kehlkopf in ihrem weichen Hals sich hebt und wieder senkt als sie schluckt, und für eine Sekunde wendet sie ihren Blick ab. Als sie mich wieder ansieht, gibt sie mir ein steifes Lächeln.

Mein Bauch krampft sich zusammen. Einen Moment lang frage ich mich, ob sie weiß, wo ich gerade war. Oder, was noch wichtiger ist, bei wem. Aber niemand weiß von mir und Alexis, nicht einmal meine besten Freunde. Nessa hat gesehen, wie Alexis mir die Schlüsselkarte gegeben hat, was belastend war...

Panik fährt mir in die Brust. Ich will auf keinen Fall, dass meine Freunde die Wahrheit erfahren, und schon gar nicht Nessa.

Als ich ihr hübsches Gesicht betrachte, um daraus zu lesen, was sie denkt oder nicht denkt, fällt mir wieder der Typ auf, der neben ihr steht. Ich unterdrücke den Drang, sie zu packen und an meine Seite zu ziehen, dann sage ich: »Wie läuft's?«

Sie stellt mir ihren Freund vor und ich registriere seinen Namen kaum. Ich bin zu sehr damit beschäftigt, das subtile Flackern ihrer dunkelbraunen Augen zu verfolgen, und die Art, wie ihr Mund sich zusammenzieht. Sie würdigt mich keines Blickes.

»Sal und ich wollten gerade zu Farley's gehen.« Ihre Stimme ist gepresst, kalt. Und klingt überhaupt nicht nach ihr.

Selbst, wenn sie etwas mit Alexis vermutet, warum die kalte Schulter? Nessa weiß, dass ich mich mit vielen Frauen treffe. Und wer ist eigentlich dieser Typ? Sie fängt doch nicht an, mit ihm auszugehen, oder? Es ist doch gut gelaufen, wie Nessa mit meinen Freunden und mir Zeit verbracht hat. Wozu braucht sie diesen Kerl?

»Wartet«, sage ich. »Ich komme mit.«

Ihr Freund scheint damit einverstanden zu sein, dass ich mich selbst einlade, und wenn nicht, versteckt er es hinter einem guten Pokerface. Aber Nessas Blick verengt sich, und endlich nimmt sie mich wahr. Ich ignoriere den Anflug von Zorn, den ich in ihren Augen sehe. Sie ist wütender als der Typ, dem ich die Nummer vermiest habe, und es ist mir ehrlich gesagt scheißegal. Nessa ist winzig und ich kenne den Kerl nicht. Auf keinen Fall lasse ich sie allein mit ihm weggehen.

Ich nehme sie zur Seite, bevor sie sich wehren kann. »Ich denke nicht, dass du mit ihm gehen solltest.«

»Sal ist harmlos.«

»Kein Typ ist harmlos.«

»Manche Typen sind es. Du bist harmlos.«

»Nicht einmal ich.«

Sie wirft ihren Kopf zurück. Ich hatte nicht beabsichtigt das zu sagen, aber es ist wahr. Wenn man bedenkt, wie verkorkst mein Leben ist, bin ich für Nessa nie eine gute Option gewesen. Deshalb sorge ich auch dafür, dass wir nur Freunde sind und nicht mehr.

Sie scheint meine Worte abzuschütteln. »Na schön, wie auch immer – lass uns gehen.«

Wir gehen durch die Menschenmenge am Strip und machen uns auf den Weg zu Farley's. Das Lokal ist voll, als wir es betreten, aber die Freunde, mit denen Nessa und Sal sich treffen, winken uns gleich zu sich und geben eine Runde Shots aus. Ich nutze diesen Moment, um die Spannung meiner Begegnung mit Alexis aus meinen Schultern zu lösen. Ich muss ihretwegen etwas tun. Endgültig Schluss machen.

Ich bestelle die nächste Runde und wir stellen uns am Sackloch-Spiel auf.

Sal – woran ich erinnert werde, als ich ihn mit einem falschen Namen anspreche und man mich korrigiert – reicht Nessa und mir vier kleine Sandsäcke. »Du bist dran, Ness. Lass mal sehen, was du drauf hast.«

Es nervt mich, wie vertraut er mit ihr umgeht. Wer zum Teufel *ist* er? Scheint ein typischer Tahoe-Anhänger zu sein. Warum sollte sie sich für ihn interessieren?

Nessa stellt ihr Getränk auf den Tisch neben uns und macht sich bereit für einen Wurf, wobei sie das neon-grün beleuchtete Loch im Auge behält. Der Rest des Spielfelds ist mit staubigen Partylichtern dekoriert.

Sie wirft den Sandsack in die Luft, aber er fliegt nicht weit genug und bleibt an der Ecke der Box hängen.

»Etwas zu tief, Kleinchen«, sage ich mit fröhlicher Stimme.

Nessas Schultern werden steif, und sie funkelt mich an.

Ich hebe eine Augenbraue. »Seid Ihr durch meine Anwesenheit irritiert, Madame?« Sie blickt wieder nach vorne.

Hmm, ein wenig empfindlich heute Abend.

Ich trete vor, um zu werfen. Nessa ist in Sals Team. Ich schätze, weil sie mit ihm hier ist. Sie ist nicht mit ihm *zusammen*, aber sie ist mit ihm hergekommen. Und mit mir – sie ist auch mit mir hier. Okay, ich habe mich selbst eingeladen.

Herrgott, ich hoffe, sie überlegt nicht, mit diesem Kerl auszugehen. Ich habe mich daran gewöhnt, dass ich mir um Nessa keine Sorgen machen muss. Wie ein Bruder – Sorgen, wie ein Bruder sie sich machen würde. Und wenn ich mich stark zu dieser süßen, hinreißenden dunkelhaarigen Schönheit hingezogen fühle, die mit mir und meinen Freunden abhängt, dann ist das mein Geheimnis.

Mein Sandsack sollte es zumindest auf das Brett schaffen, nachdem ich Nessa für ihren Schuss aufgezogen habe. Ich lasse den Sack durch die Luft fliegen und er landet am Rand des Lochs.

Unsere Mannschaftskameraden wechseln sich ab, und am Ende der Runde herrscht Gleichstand.

Nessa ist dran, erzielt einen Treffer und ihre ziehrlichen, kurvenreichen Hüften wackeln erfreut über den Sieg.

Sie dreht sich um und lächelt. »Tut mir leid, hatte ich nicht erwähnt, dass ich in der High School ein Pitcher war?« Ihr Teampartner kommt herüber, um ihr zu gratulieren, und sie gibt ihm einen Handschlag.

Verdammt, was ist denn heute Abend mit ihr los? »Ich wusste nicht, dass du Softball gespielt hast«, sage ich, als sie zu mir zurückkommt. »Wie lange?«

»Sechs Jahre. Ich habe auch in der Junior High gespielt.«

»Hmm. Interessant.«

»Ist es das?«

»Irgendwie schon. Welche Talente verheimlichst du sonst noch?«

Ihr hell-olivfarbener Teint wird rosig. »Nichts, wovon du jemals erfahren wirst.«

»Autsch«, sage ich, aber sofort schweift mein Verstand ab. Zu Themen, an die ich versuche, nicht zu denken, wenn es um dieses Mädchen geht. Das ist verdammt schwierig, denn allein ihr Anblick lässt mich an... Dinge denken... heiße, verschwitzte, nackte Dinge. Ich in ihr, mein Mund auf... *Stop*!

Zeit für einen Themenwechsel. »Was ist los, Ness? Du scheinst heute Abend verärgert zu sein.«

Sie sieht weg und starrt nach vorne, während sie antwortet. »Warum bist du vorhin aus dem Aufzug des Blue-Hotels gekommen, Zach?«

Was eigentlich keine Antwort ist, sondern eine Frage.

Meine Brust lodert, und ich fühle, wie mein Gesicht zu brennen beginnt – nicht vor Verlegenheit, sondern vor Wut. Auf mich selbst, weil ich etwas weiterführe, dem ich schon vor Jahren den Riegel hätte vorschieben sollen.

»Spielt das eine Rolle?«

Sie sieht mir direkt in die Augen. »Ja.«

Schmerz und Trauer liegen in ihrem Blick – als wüsste sie, was ich nicht ausspreche. Als wüsste sie, was ich vor allen anderen geheim gehalten habe. Das schockiert mich und macht mich unglücklich.

Sie *darf* es nicht wissen.

»Ich bin dran.« Ich weiche ihrer Frage aus, weil ich ihr nicht die Wahrheit sagen will. Aber anlügen will ich sie auch nicht.

Ich bereite mich auf meinen Wurf vor. Die Jungs auf der anderen Seite plaudern und trinken ihr Bier. Es scheint sie nicht zu stören, dass wir mitten im Spiel aufgehört haben, um über etwas zu sprechen, das ich unbedingt vermeiden will.

»Wer ist sie, Zach?« Nessa lässt nicht locker. »Warum kommt sie jeden Monat? Warum gehst du mit ihr?« Nessas Stimme ist leise und schmerzerfüllt.

Ich schlucke. *Fuck.* Ich verheimliche nichts. Und warum regt Nessa sich darüber so auf?

Es ist eine Sache, dass ich mit meiner Übereinkunft mit Alexis unglücklich bin. Es ist eine andere, dass sie Nessa verletzt.

»Sie ist niemand, Kleinchen.«

»Hör auf, mich so zu nennen!«

Die Diskussion uns gegenüber verstummt. Die Jungs starren Nessa an. Ich tue das auch und nehme wahr, wie ihre Brust sich hebt und ihre Augen aufflackern. *Puh.* So habe ich Nessa noch nie gesehen.

Ich nehme ihr die Sandsäcke aus den Händen, lege sie auf den Tisch und ziehe Nessa zur Seite. »Was ist los?«

Sie blickt weg. »Ich hasse diesen Spitznamen.«

»Alles klar. Nicht mehr Klei–« Sie wirft mir einen warnenden Blick zu. »Ich werde diesen Spitznamen nicht mehr benutzen. Aber ich verstehe nicht, warum das so eine große Sache ist.«

»Die große Sache ist, dass du mich wie ein Kind behandelst. Ich bin eine Erwachsene – nur anderthalb Jahre jünger als du. Wir sind Freunde, aber du brauchst mir nicht unter die Nase zu reiben, dass du mich nicht als Frau siehst.«

Wovon redet sie? »Ich weiß, dass du eine Frau bist.« Gott, und wie ich das weiß. Ich versuche es jeden Tag zu vergessen.

Nessa verdient einen besseren Kerl als mich. Jemanden, der auch besser ist als die Typen, mit denen sie heute Abend abhängt.

Sie steckt sich ihr langes, dunkles Haar hinter ihr Ohr, der blumige Orangenduft, den sie trägt, weht zu mir herüber und treibt meine Sinne zum Wahnsinn. »Ich weiß, dass du etwas mit ihr am Laufen hast. Irgendwas stimmt da nicht… Aber ich habe keine Lust mehr, aus dir schlau werden zu wollen.«

Mir brummt der Schädel. Dieser letzte Shot hat mir die Fähigkeit geraubt, klar zu denken.

Ich verheimliche das vor niemandem. Aber vielleicht ist Nessa die einzige Person, die scharfsinnig genug ist, es herausgefunden zu haben.

Ich schäme mich, aber besonders die Tatsache, dass Nessa die Wahrheit erraten hat, ändert alles. Ich kann es nicht mehr tun – ich kann den Gedanken nicht ertragen, dass meine schmutzige Beziehung zu Alexis Nessa wehtut. Ich wollte es schon vorher beenden, aber ich will, dass es jetzt sofort vorbei ist. Ich wünschte, ich hätte es Alexis gesagt, bevor ich das Hotelzimmer verlassen habe, anstatt darauf zu warten, es an einem anderen Ort zu tun.

Sal kommt herüber. Besorgt wandert sein Blick von mir zu Nessa, bevor er sie anlächelt. »Hey, warum machen wir nicht eine Pause? Kann ich dir noch einen Drink holen? Was ist mit dir, Zach?«

»Ja, danke.« Ich seufze und rücke ein Stückchen näher an Nessa heran.

Ich mache mir bei diesen Typen keine Sorgen um sie. Sie scheinen anständig zu sein und haben nicht über ihre Aufmerksamkeit gegeiert. Das ist nicht der Grund, warum ich das Bedürfnis habe, in ihrer Nähe zu bleiben. Ich spüre, wie sie mir entgleitet, und bei dem Gedanken will ich die billige Holzverkleidung von den Wänden dieser Bude reißen.

Ich verdiene sie nicht, aber der Gedanke, sie zu verlieren, macht mich verrückt.

»Bitte sehr.« Sal kommt zurück und reicht Nessa etwas, das aussieht wie ein Screwdriver. Mir gibt er noch ein Glas Bier. »Die Jungs und ich haben gerade darüber geredet, dass man hier beim Essen wenig Auswahl hat. Was meinst du, Ness? Gibt es gute philippinische Restaurants in der Nähe?«

Er versucht, die Stimmung aufzulockern, und ich nehme es ihm nicht übel. Die Luft ist so dick, dass man an ihr ersticken könnte.

Nessa wirkt einen Moment lang abgelenkt, dann sagt sie: »Sicher, da gibt es ein paar.« Sie nennt die Namen von Lokalen in der Stadt, die ich zwar kenne, in denen ich aber noch nie gewesen bin.

Hätte ich besser aufpassen sollen? Nessa ist ein Mischling, wie ich. Aber sie ist nicht wie ich und meine Freunde zur Hälfte Washoe-Indianderin, sondern ihr Vater ist Filipino, ihre Mutter Britin. Ich habe sie nie gefragt, wie sich ihre Eltern kennen gelernt oder warum sie sich in San Francisco niedergelassen haben. Das war mir zu persönlich. Es wäre so leicht gewesen, mit ihr die Grenzen der Freundschaft zu überschreiten und einen Schritt zu weit zu gehen.

Ich wollte Nessa vom ersten Moment an, als ich sie getroffen habe, aber sie ist ein gutes Mädchen. Und ich bin nicht der nette Junge von nebenan.

»Deine Eltern haben dich also mit den guten Dingen bekannt gemacht, als du klein warst?«, fragt Sal.

Nessas Herkunft ist nicht so einfach auszumachen. Ihre Haut ist hell mit olivfarbenen Tönen und ihr Haar schwarz, aber ihr Gesicht ist herzförmig, fast elfenhaft, und es ist nicht leicht, sie einer Nationalität zuzuordnen. Wenn Sal weiß, dass sie zum Teil Filipina ist, muss er sie gut kennen. Und das beunruhigt mich. Vielleicht *sollte* ich mir über diesen Kerl Sorgen machen.

Nessa schenkt ihm ein mildes Lächeln und schüttelt den Kopf. »Ich habe in philippinischen Restaurants gegessen wie alle anderen auch. Meine Mutter hat gekocht. Wenn sie einheimisch gekocht hat, habe ich Würstchen mit Kartoffelbrei bekommen oder Würstchen im Schlafrock. Marmite hatten wir immer im Kühlschrank.«

Sal verzieht das Gesicht, als Nessa ihm erklärt, was Marmite ist. Ich kenne den Brotaufstrich nur deshalb, weil ich schon unzählige Male bei Nessa zuhause war. Natürlich habe ich ihren Kühlschrank nach Essen durchforstet. Es gibt einen Grund, warum ich immer koche. Ich habe einen schnellen Stoffwechsel, bin also eigentlich immer hungrig, und auch Nessas Kühlschrank entkommt mir nicht.

Wir spielen noch ein paar Runden Sackloch, und die Spannung zwischen mir und Nessa lässt nach. Sie klatscht Sal ab, nachdem sie ihren letzten Sandsack eingelocht hat, und kommt auf mich zu, zwar nicht lächelnd, aber auch nicht übel gelaunt. Sie bleibt stehen, um an ihrem Getränk zu nippen.

»Können wir los?«

Ihre Unterlippe gleitet in ihren Mund, als beiße sie von innen hinein. »Geh du ruhig. Ich will dich nicht aufhalten, wenn du noch etwas vorhast.«

Ich mag weder die Anspielung, die in ihrem Tonfall mitschwingt, noch die Tatsache, dass sie glaubt, ich würde ohne sie von hier weggehen. »Ich sollte dich nach Hause bringen.«

Sie durchbohrt mich mit einem Blick. »Es geht mir gut. Ich kann auf mich selbst aufpassen.«

»Natürlich kannst du das. Ich dachte nur, du wärst bereit, zu gehen.« *Hoffte nur* trifft es eher.

Unentschlossenheit spiegelt sich in ihrem Gesicht, und sie blickt zu ihren Freunden hinüber. Sie haben die Sandsäcke aufgeteilt und bereiten sich auf ein weiteres Spiel vor.

»Ich glaube, ich bin müde. Es war ein langer Tag.«

»Sicher.« Ich greife nach ihrem Sweatshirt. Sie runzelt die Stirn – vielleicht, weil ich sie aus der Tür schiebe – aber dann schnappt sie ihre Handtasche und geht zu den Jungs hinüber.

Sal umarmt sie, und ich knirsche mit den Zähnen. Er scheint ein anständiger Kerl zu sein. Ich bin es nur nicht gewöhnt, dass irgendwelche Typen Nessa anfassen. Ich will nicht, dass sie von *jemandem* verletzt wird – mich eingeschlossen. Und wenn ich ehrlich bin, bringt mich die Vorstellung, dass ein anderer Kerl sie berührt, zur Weißglut.

Wir gehen schweigend zum Casino im Blue-Hotel zurück, vorbei an den Glasschiebetüren und um das Gebäude herum zu dem Parkhaus, wo die Angestellten parken. Ich steuere Nessa zu meinem grauen Geländewagen, und sie bleibt plötzlich stehen.

»Mein Auto steht ein paar Reihen weiter. Hier trennen sich unsere Wege. Danke, dass du mich zurückbegleitet hast. Wir sehen uns dann morgen?«

»Moment mal.« Ich schüttle den Kopf. »Du fährst nicht nach Hause.«

»Was redest du da?«

»Nessa, du bist ein Fliegengewicht und ich habe dich

gerade drei Drinks runterkippen gesehen. Ich fahre. Morgen früh bringe ich dich zu deinem Auto.«

»Du hast genauso viel getrunken wie ich.«

»Und ich wiege fast doppelt so viel wie du. Nach zwei Stunden bei Farley's bin ich nüchtern wie ein Stockfisch.«

Sie sieht weg, als würde sie nachdenken. Dieser Logik kann sie nichts entgegensetzen. »Gut, aber ich lasse mich morgen früh von meiner Mitbewohnerin fahren. Du brauchst mich nicht abzuholen.«

Wie auch immer. Solange sie mit mir nach Hause kommt... zu sich nach Hause... um abgesetzt zu werden... Im Ernst, ich muss einen Weg finden, meine Vorstellungen von mir mit Nessa auszublenden. Das stört meine Konzentration.

Kann Mann sich für so etwas hypnotisieren lassen? So, wie Leute hypnotisiert werden, um mit dem Rauchen aufzuhören? Ich zahle jeden Preis, um mich von ihr körperlich nicht mehr so angezogen zu fühlen.

Ich könnte mich von Nessa fernhalten, aber das ist keine Option. Das ist eine Form von Folter, der ich nicht standhalten könnte. Ich ziehe geistige Qualen der totalen Entbehrung vor.

Ich öffne die Beifahrertür meines Wagens, und sie klettert hinein. Ich steige auf der Fahrerseite ein und versuche nicht zu bemerken, wie gut sie in meinem Truck aussieht. Als würde sie hierher gehören. »Also, was macht deine Mitbewohnerin heute Abend?«

Nessa legt ihre Handtasche neben ihre Füße und schnallt sich an. »Sie ist wahrscheinlich mit ihrem neuen Freund unterwegs. Ich habe sie in letzter Zeit nicht oft gesehen. Sie übernachtet meistens bei ihm.«

»Also bist du heute Nacht allein?« Dieser Gedankengang ist nicht hilfreich. Jetzt denke ich daran, mit Nessa allein bei ihr zu Hause zu sein.

»Ja. Warum, ist das wichtig?«

»Spielt keine Rolle. Ich frage nur.«

Ich spüre ihren Blick auf mir, als ich vom Parkplatz auf die Hauptstraße fahre. »Also, wer ist sie?«, fragt sie.

Nicht das schon wieder. »Wen meinst du?«

»Diese Frau, mit der du dich immer triffst.«

Ich umfasse das Lenkrad. »Habe ich dir doch gesagt. Niemand von Bedeutung.«

»Für dich scheint sie von Bedeutung zu sein.«

Ich werfe Nessa einen Blick zu. Sie lehnt an der Tür, ihr Körper ist so weit wie möglich von mir entfernt, aber ihre Miene ist entschlossen.

»Das ist sie nicht. Sie ist niemand.«

»Das glaube ich nicht, Zach. Du triffst sie mindestens einmal im Monat. Und das sind nur die Male, die ich euch zusammen gesehen habe. Ist sie deine Freundin?«

»Auf keinen Fall.«

»Wer ist sie dann? Irgendeine Art regelmäßige Sex-Partnerin?«

Ich antworte nicht. Denn das ist wahrscheinlich eine passende Beschreibung. Aber ganz stimmt es auch nicht. Was Alexis und ich haben, ist viel verkorkster als nur Sex.

»Ist das alles, was Frauen für dich bedeuten?« Sie starrt aus dem Fenster. »Ich dachte, du wärst anders.« Ihre Stimme bebt.

Das Gefühl, dass ich sie verliere, kehrt zurück. »Zwischen ihr und mir ist nichts, Nessa. Nicht mehr.«

Jedenfalls nicht mehr nach dem heutigen Abend.

Sie dreht sich zu mir um. »Was soll das bedeuten?«

»Wir waren einmal zusammen, aber jetzt sind wir das nicht mehr. Können wir das Thema wechseln?« Ich strecke meine Hand aus und schalte das Radio ein. Ein Werbespot dröhnt durch die Lautsprecher, und ich drücke auf die Knöpfe, um den Sender zu wechseln.

»Warum?«

Ich fummle am Radio herum und versuche, etwas zu finden, das uns ablenkt. »Warum was?«

»Warum tust du es?«

Frustriert schalte ich das Radio aus und biege in Nessas Straße ein, als die Ampel auf Grün schaltet.

»Was genau meinst du?« Ich lenke ab, weiche aus. Ich will wirklich nichts mit diesem Gespräch zu tun haben. Vielleicht hätte ich Nessa ein Taxi rufen sollen. Dass wir beide miteinander allein sind, nützt keinem von uns etwas.

»Mauern um dich herum errichten. Tust du das bei ihr auch?«

Ich durchbohre Nessa mit einem scharfen Blick. »Das, was ich mit ihr hatte, ist nicht annähernd das, was wir haben.«

Nessa's Augen weiten sich. »Richtig, denn wir sind nur Freunde.«

Wir sind mehr. Wir könnten mehr sein, wenn ich nicht aufpasse – wenn ich nicht stark genug bin. Aber das *muss* ich sein.

Ich spüre Nessas Wunsch, mir näher zu sein. Ich habe diesen Wunsch auch, aber ich verstehe nicht, warum sie eines nicht sehen kann: Die Dinge, die ich getan habe, der Mann, der ich bin – all das ist nicht gut für sie.

»Wir sind Freunde, Nessa. Wir sind gute Freunde. Das ist mehr als ich mit jeder anderen Frau habe.«

»Du bist mit Mira befreundet«, sagt sie trocken.

Mira ist auch eine Washoe, die ich schon mein halbes Leben kenne, und ja, wir stehen uns nahe. Aber es ist nicht dasselbe. »Mira ist wie eine Schwester. Du bist... anders.«

»Anders. Du meinst wohl nicht gut genug, um mehr zu sein. Nicht gut genug, um zur Familie zu gehören. Einfach nicht gut genug. Ich hab's verstanden, Zach.«

»Das habe ich nicht gemeint.« Ich halte vor Nessas

Wohnung an, und bevor ich die Zündung ausschalten kann, springt sie aus dem Wagen.

»Danke fürs Mitnehmen.« Sie knallt die Tür zu und rennt buchstäblich über den Parkplatz zu ihrer Wohnung im Erdgeschoss. Das Gebäude ist zweistöckig mit acht Einheiten. Es ist klein, aber in der Nähe von Strip und Arbeit. Ich warte, bis sie hineingegangen ist, bevor ich meinen Kopf rückwärts gegen die Kopfstütze sinken lasse.

Nessa hat heute Abend zum ersten Mal, seit ich sie kenne, Barrieren zwischen uns errichtet. Sie ist eine fröhliche Person, und wenn ich sie traurig sehe, bekomme ich dumpfe Schmerzen in der Brust. Sie muss wissen, dass zwischen uns nie etwas sein kann. Nicht, wenn sie herausfindet, was zwischen mir und Alexis gelaufen ist. Ich habe das Gefühl, dass ich sie verliere.

Obwohl ich sie von Anfang an niemals hatte.

Und so soll es auch sein.

Kapitel Drei

Nessa

Das Letzte, was ich möchte, ist, heute Abend Zach zu besuchen, aber alle erwarten mich dort zum Taco-Essen. Ich habe versucht, am Telefon mit Mira einen Rückzieher zu machen, aber sie hat wegen der Kekse gejammert, die sie gebacken hat, und darüber, wie ich ihre Kochkünste ausprobieren müsse. Da habe ich nachgegeben. Es ist nicht leicht für Mira gewesen, sich anderen Menschen zu öffnen, und sie ist schon so weit gekommen. Ich konnte nicht absagen und sie im Stich lassen.

Ich kann immer noch nicht glauben, dass Zach sich gestern Abend selbst eingeladen hat, als ich mit Sal ausgegangen bin. Reicht es nicht, zu wissen, dass er kurz zuvor frisch geduscht Blondies Hotelzimmer verlassen hat? Jetzt steckt er seine Nase auch noch in das bisschen Sozialleben, das ich habe? Ich habe diese Drinks mit Sal gebraucht – um mich von Zach abzulenken und nicht daran erinnert zu werden, wie sehr er mich frustriert.

Ich halte das nicht mehr aus. Ich bin mir nicht sicher, ob wir Freunde bleiben können. Es bringt mich um.

Ich blicke auf die Riesenflasche Cuervo, die ich mit dem Trinkgeld von gestern Abend gekauft habe, und streichle sie wie ein Baby. Sie wird mich heute Abend retten. Ich schlüpfe in Riemchensandalen mit Absätzen zu meinen engen, umgeschlagenen Jeans. Ich verlasse das Haus nie ohne Absatzschuhe. Sogar meine Turnschuhe haben ein Plateau. Manche könnten mich als vertikal benachteiligt bezeichnen. Mit meinen ein Meter zweundfünfzig bin ich kompakt und großartig. Zumindest rede ich mir das ein.

Ich stecke mein lockeres T-Shirt mit V-Ausschnitt vorne in meine Jeans und ziehe eine Lederjacke über. Meine Finger streichen über einen Streifen Kaugummi in der Seitentasche. Ich wickle ihn aus seiner Verpackung und stecke ihn mir in den Mund. Dann hebe ich mein Cuervo-Baby auf und überfliege den Raum nach etwas, was ich vergessen haben könnte, bevor ich mir meine Handtasche umhänge und zur Tür hinausgehe.

Ein paar Minuten später erreiche ich Zachs Wohnung. Aber es parkt nur Zachs Wagen in der Einfahrt.

Was zum Teufel? Ich bin absichtlich zu spät gekommen, um genau diese Situation zu vermeiden. Ich will nicht als Erste hier sein.

Ich atme tief ein und greife nach Cuervo, den ich auf dem Vordersitz angeschnallt habe, um ihn sicher aufzubewahren. Es ist mir egal, dass ich zu alt für flüssigen Mut werde. Heute Abend brauche ich ihn. Die Dinge können nicht so weitergehen, wie sie bisher waren. Es macht mich kaputt. Diesen Abend zu überstehen, ohne zu weinen, ist der erste Schritt.

Verdammt, vielleicht sollte ich die Stadt verlassen. Warum *bin* ich immer noch hier? Tahoe sollte eigentlich nur ein schöner Sommer nach dem College werden, bevor ich mir einen richtigen Job suche, und doch bin ich nun schon das zweite Jahr hier. Es ist nicht *seinetwegen*. Na ja, vielleicht ein bisschen. Aber ich liebe Lake Tahoe. Hier ist mein Zuhause, obwohl ich einen Weg finden muss, ein Leben ohne Zach und seine Freunde zu führen. Genau das habe ich gestern Abend versucht, aber Zach hat ausgerechnet diesen Moment gewählt, um mich auf eine Weise zu beachten, wie er es noch nie zuvor getan hat.

Männer. Sie sind mir ein Rätsel.

Oder vielleicht ist es nur Zach. Ihn verstehe ich nicht. In einem Moment sieht er mich an, als wolle er mich mit seinen Augen ausziehen, im nächsten geht er mit einem anderen Mädchen zur Tür hinaus.

Gut, dann also flüssiger Mut. Was bedeutet, dass ich ein Taxi rufen muss, um nach Hause zu kommen. Ich gebe es zwar nur sehr ungern zu, aber Zach hat recht gehabt. Ich hätte nach ein paar Drinks gestern Abend nicht ans Fahren denken sollen. Vertikal benachteiligt zu sein, bedeutet, dass mich der Alkohol härter trifft. Aber hätte Zach mich nicht verärgert, hätte ich gemerkt, dass ich zu viel getrunken hatte. Tatsächlich ist also alles seine Schuld.

Na bitte, jetzt fühle ich mich besser.

Ich schnappe mir meine Penner-Handtasche, nehme Cuervo liebevoll auf den Arm und betrete den steinigen Weg zu Zachs kleiner Hütte. Das Metalldach ist zur Straße hin geneigt, mit einem Eingangsgiebel, der bis zum Boden reicht – ganz im Tahoe-Stil. Sein Haus ist nett, aber es könnte einen weiblichen Touch gebrauchen. Das Innere ist maskulin eingerichtet, was bedeutet, dass alles einfach an die Wände geschoben dasteht und die Bilder zu hoch hängen. Trotzdem bewundere ich ihn. Soweit ich weiß, gehört das Haus ihm, was für einen Kerl Anfang zwanzig ziemlich cool ist. Er arbeitet hart und investiert sein Geld gut...

Und ich muss aufhören, darüber nachzudenken, wie großartig er ist, denn das ist nicht hilfreich.

Ich sauge die Abendluft tief ein, um mir selbst Mut zu machen, klopfe an die abgenutzte Holzoberfläche und zaubere ein falsches Lächeln auf mein Gesicht.

Welches mir sofort wieder vergeht.

Denn die Tür öffnet sich knarrend und Zach steht da, Wassertropfen rinnen über seine nackten, muskulösen Schultern und seinen flachen, muskelbepackten Bauch.

Ach, Scheiße.

»Klei – Ich meine... Was geht, Ness? Komm rein.« Er zieht ein Handtuch über sein kurzes, dunkles Haar und drapiert es auf seine Schulter. Seine Lippen verziehen sich zu einem Grinsen. »Eine schöne Flasche hast du da.«

Ich trete ein, mein Körper ist übermäßig angespannt. Ich stelle Cuervo auf den Tresen. »Ich dachte, wir könnten etwas mehr gebrauchen«, sage ich zerstreut. »Kommst du gerade aus der Dusche?« *Offensichtlich.*

Ich bin nervös. Ich habe Zach schon eine Million Mal in seiner Badehose gesehen, aber dieser Anblick, so nass und frisch geduscht, verwandelt mein Gehirn in dummen Mädchenbrei.

»Ja, tut mir leid. Ich hole mir ein Shirt.« Er schreitet den Flur hinunter, und ich schnappe hechelnd nach Sauerstoff, um mein Gehirn wieder zum Laufen zu bringen. Das ist so verkorkst.

»Wo sind denn die anderen?«, rufe ich.

»Oh, also, das«, sagt er, während er in einem abgetragenen T-Shirt, das seine breiten Schultern und seinen Bizeps einfasst, um die Ecke kommt. »Sie kommen nicht.«

Er ist barfuß, und seine Füße... Gibt es denn nichts an

seinem Körper, das nicht maskulin und schön ist? Moment–

»Was meinst du damit, sie kommen nicht?«

Wir treffen uns jeden Mittwochabend. Es ist fast ein Ritual. Ich bin ziemlich sicher, dass sie noch nie abgesagt haben. Ob Schnee oder Kater, dieser Abend ist eine Konstante unter Zach und seinen Freunden. Und bis vor kurzem waren es nur Zach, Lewis und Mira. Irgendwie bin ich dazugestoßen. Dann kam Lewis' neue Freundin dazu. Und jetzt ist das Taco-Dinner auf Freundinnen, Freunde und Freunde von Freunden ausgedehnt worden. Es ist mittlerweile eine richtige Party.

Zach hockt sich hin und zieht eine Pfanne aus dem Backofen unter dem Herd hervor. Die Jeans, die tief auf seinen schmalen Hüften sitzen, betonen seinen muskulösen Hintern.

Ich blicke zur Decke und bete um göttliche Intervention. Es kann nicht sein Ernst sein, dass wir nur zu zweit sind. Das überlebe ich nicht.

Er steht auf und greift um mich herum an den Tresen, an dem ich lehne. Der Geruch von *frischgewaschenem Mann* raubt mir die Sinne, seine vollen Lippen sind nur Zentimeter entfernt – das ist einfach grausam.

Ich ducke mich an ihm vorbei, durchquere die Küche und lege eine Hand auf Cuervo.

»Nun.« Er rührt das Hühnchen um, das in einer Sauce köchelt, und klopft den Kochlöffel am Rand des Topfes ab. »Gen fühlt sich nicht gut, also bleibt Lewis mit ihr zuhause. Und Mira musste zur Arbeit.«

Das ergibt Sinn. Mira ist im Blue-Casino auf der Überholspur. Sie ist die Assistentin eines Managers und gibt alles in ihrem Job. Aber eine wichtige Person zu sein, hat auch Nachteile. Manchmal muss sie – oft ohne Vorwarnung – zur Arbeit, wenn Personalprobleme auftauchen oder die Menschenmassen bei Auftritten im Blue-Casino größer sind, als erwartet.

»Was ist mit Tyler?« Miras Freund unterrichtet an einem Community College. Er hat keine Ausrede.

Zach kratzt sich am Hinterkopf und legt seine Hände tief auf die Hüften. »Ja, also…. nein. Tyler ist auch raus. Muss in letzter Minute noch etwas für seinen Verleger überarbeiten.«

Mist. Das hatte ich ganz vergessen. Tyler arbeitet nicht nur am Community College, sondern wird auch bald als Autor veröffentlicht. Er hat ein populärwissenschaftliches Buch geschrieben, von dem die Menschen in seinem Fachgebiet begeistert sind.

Bin ich die Einzige, die nicht viel aus ihrem Leben gemacht hat? Ich meine, ich bin glücklich. Das ist doch wichtig, oder? Na ja, meistens bin ich glücklich.

Im Moment nicht so glücklich. Allein. Mit Zach.

»Was ist mit Cali und Jaeger?« Ist das Verzweiflung in meiner Stimme?

»Cali hat denselben Virus wie Gen. Jaeger spielt Krankenschwester. Ich habe Jaeger und Lewis gesagt, dass sie wie Idioten unterm Pantoffel stehen, aber sie wollten nicht auf mich hören.« Er lehnt sich gegen den Tresen, sein Blick wirkt entschlossen. »Nur du und ich, Ness. Meinst du, damit kommst du klar?«

Es liegt ein Humor in seiner Stimme, der in seltsamem Widerspruch zu der Wachsamkeit in seinem Blick steht, als sei auch er nicht so glücklich über die Umstände.

»Du hättest absagen können, weißt du.«

Zach wendet sich zum Herd. »Ich koche seit zwei Stunden. Wollte das Essen nicht verkommen lassen. Außerdem brauchen wir unsere Freunde nicht, um abzuhängen, oder?« Er blickt über seine Schulter, auf dem Gesicht ein süßes Lächeln.

»Natürlich nicht.« *Ich brauche so dringend eine Margarita.*
»Es wird Spaß machen, Zeit miteinander zu verbringen.«
Wo ist der verdammte Mixer?

Am College bin ich mit gutaussehenden Typen ausgegangen, aber aus irgendeinem Grund ist Zach anders. Er ist mein Freund, ein netter Kerl, hat immer Zeit, sich zu treffen und er ist so unglaublich scharf. Ich weiß nicht, was es ist, aber es ist da, eine magnetische Anziehungskraft – zumindest bei mir.

Ich öffne den Kühlschrank auf der Suche nach der Margarita-Mischung, von der ich weiß, dass sie da ist, weil ich sie für diese Abende organisiere, und schütte sie in den Mixer. »Bereit für einen Drink?«

»Sicher, aber da wir nur zu zweit sind«, sagt er, während er in einen kleinen Schrank über dem Herd greift, »nehmen wir das gute Zeug.« Sein Grinsen hat etwas Anzügliches.

Gott bewahre mich vor diesem Grinsen. »Tapatio Blanco Eins-Zehn? Was ist das?«

»Geburtstagsgeschenk von meinem Dad.« Er schraubt den Deckel ab und füllt eine großzügige Menge in den Mixer. Er hält inne, nimmt die Flüssigkeit in Augenschein und gießt einen weiteren Schuss hinzu.

»Schenkt dir dein Dad immer so edle Tropfen zum Geburtstag?« Ich habe noch nie von dem Zeug gehört, das er in der Hand hält, aber die Flasche sieht schick aus.

»Mein Dad hat mir mit fünf Jahren beigebracht, wie man um Einsätze pokert.« Er stellt den Tequila zurück in den Schrank. »Er ist kein gewöhnlicher Vater. Du weißt, womit er sein Geld verdient, oder?«

»Nicht wirklich. Ich habe gesehen, wie er das Casino besucht, aber du hast uns nie vorgestellt.«

Zach schnaubt. »Ja, nun, vertrau mir, es ist das Beste, wenn er nicht von dir weiß.«

Ich nehme die Form mit den Eiswürfeln aus dem senf-
gelben Kühlschrank, der älter ist als ich und wie eine
Dampflok brummt, und schütte das Eis in den Mixer. »So
schlimm kann er doch nicht sein.«

Zach verschränkt die Arme. »Nein, das nicht, aber er
flirtet mit jeder Frau. Und hübsche junge Frauen mag er
am liebsten. Außerdem ist er ein Wal.«

Ich schüttle lächelnd den Kopf. Ich arbeite in einem
Casino und habe dabei fast nichts an. Ich bin es gewohnt,
von älteren und jüngeren Männern – manchmal auch von
Frauen – angeglotzt zu werden. Und ich habe kein
Problem damit, den Sicherheitsdienst zu rufen, wenn mir
jemand zu nahe kommt.

Ich schalte den Mixer an, bis die Mischung die
perfekte, matschige Konsistenz für meine dank Zach
zerstreuten Nerven hat. »Was ist ein Wal?«

»Wie kannst du bei Blue arbeiten und nicht wissen, was
ein Wal ist?« Er rührt den Reis um. »Ein Wal ist ein Spieler, der hoch setzt. Aber es ist nicht das, wonach es klingt.
Jetzt hat mein Vater Geld, aber er hat bereits mehrere
Vermögen gewonnen und verloren. Erst seit kurzem ist er
wirklich erfolgreich. Als wir Kinder waren, war es
schwierig – von einer Sekunde auf die andere war Geld
da, oder wieder weg. Ich habe diesen Lebensstil gehasst.
Aus diesem Grund spiele ich nie.«

Ich reiche ihm eine Margarita. »Aber du arbeitest als
Croupier. Wie hältst du das aus?«

»Ich *liebe* es nicht, aber es ist ein gut bezahlter Job. Eine
Zeitlang habe ich Wirtschaftskurse am Community
College belegt und war nicht so begeistert. Blue bezahlt
meine Rechnungen. Ich habe mir etwas ansparen und
dieses Haus kaufen können, und ich habe vor, noch eines
zu kaufen.

»Noch ein Haus? Warum?«

»Kapitalerträge. Eines zum Wohnen, eines zum Vermieten.« Er nimmt einen Schluck von seinem Drink und runzelt die Stirn. »Schmeckt gut.«

Ich blicke auf das Glas in meiner Hand und trinke auch einen Schluck. »Lecker. Dein Vater hat Ahnung von Tequila.«

Er verdreht die Augen. »Zu viel Ahnung.« Dann greift er nach den Tellern und deutet auf den Tisch. »Wollen wir essen?«

Während des Essens unterhalten wir uns ungezwungen. Ich bin entspannt und nicht mehr so nervös wie bei meiner Ankunft. Diese Leichtigkeit, die ich mit Zach habe, ist teilweise Grund dafür, dass wir trotz meiner einseitigen Lust auf ihn so lange Freunde geblieben sind. Es ist deprimierend, dass er an mehr als Freundschaft nicht interessiert ist, aber ich möchte nicht verlieren, was wir haben. Es ist eine frustrierende Situation, in der ich nicht gewinnen kann.

Die meiste Zeit sprechen wir über Zachs Vater, der eine ziemlich faszinierende Persönlichkeit zu sein scheint. »Bringen sie ihn wirklich in schicken Suiten unter?« Ich lege meine Gabel auf den Teller, um mir in meinem Bauch etwas Platz für eine weitere Margarita freizuhalten, die ich aus dem halbleeren Mixer einschenke, den wir mit an den Tisch gebracht haben.

»Ja.« Zach verputzt seinen fünfter oder sechsten Taco.

»Hat er auch einen Chauffeur und alles?«

Ich habe die High Roller in unserem Casino gesehen. Die sind wirklich krass. Haben normalerweise ein ganzes Gefolge, egal, wohin sie gehen.

»Nein. Er reist in seinem Mercedes durchs Land.«

»Ach, nur ein Mercedes?« Ich lache, und Zach auch. Die meisten Leute fahren nicht in Luxusfahrzeugen herum und leben vom Glücksspiel.

»Ich bin nur sein Versagersohn, der in einer Bruch-bude lebt.« Er wischt sich den Mund mit seiner Serviette ab, auf dem Gesicht, ein subtiles Lächeln das seine Augen nicht erreicht.

»So sieht er das bestimmt nicht.«

Zach stapelt die leeren Teller. »Eigentlich schon, aber das ist in Ordnung.«

»Warte, es ist nicht in Ordnung. Du bist klug und freundlich, und Hauseigentümer. Du arbeitest fleißig...« Meine Stimme verstummt, als mir klar wird, was ich da tue. Die Dinge realisiere, die ich sage. Wenn Zach bisher nicht wusste, dass ich in ihm mehr als nur einen Freund sehe, wird er es spätestens jetzt bemerken.

Er grinst. »Du Süße.«

Ich lehne mich zurück. »Nenn mich nicht so.« Ich schnappe mir meinen Drink und nehme einen zu großen Schluck. Die Kälte fährt mir direkt in den Schädel.

Als ich aufblicke, runzelt Zach die Stirn. »Was ist falsch an ›Süße‹?«

»Das ist etwas, was man zu einem kleinen Mädchen sagen würde.«

»Nein. Das würde ich zu einem Mädchen sagen, das verlockender ist, als es ihr guttut.« Er steht abrupt auf und stellt das Geschirr in die Spüle. »Bist du fertig?« Er sieht herüber. Das Stirnrunzeln, das er noch vor einer Sekunde im Gesicht hatte, ist verschwunden.

Ich brauche eine Minute, um seine Frage zu registrie-ren, denn ich hänge immer noch an dem vorhergehenden Satz fest. Ich nicke steif.

Was meinte er damit, dass ich verlockender sei als mir guttäte? Er hat noch nie durchklingen lassen, dass er sich zu mir hingezogen fühlt. Ich blicke auf meine Margarita. Bin ich betrunken? Ist das meine zweite oder dritte? Ich fühle einen ausgewachsenen Schwips... *ganz sicher die dritte.*

Ich räume die Töpfe und Pfannen ab und versorge die Reste.

Zach stellt das letzte Geschirr in den Geschirrspüler und schaltet ihn ein. »Hast du deinen Badeanzug dabei?«

Er hat einen Whirlpool in seinem Garten, der mit Abstand der teuerste Gegenstand in seinem Haus ist. Im Gegensatz zu den verstreut stehenden, gebrauchten Möbeln ist der Whirlpool neu.

Ich schüttle den Kopf, und er kratzt sich den schwachen fünf Uhr Schatten an der Seite seines Kinns. »Okay –ich habe etwas, das du anziehen kannst.«

»Ist schon gut. Ich sollte jetzt sowieso gehen.«

»Warum?«, sagt er. »Hast du ein heißes Date?« Er scherzt, aber seine Stimme ist unverändert, und ich habe das Gefühl, er wäre nicht glücklich, wenn es so wäre. Seltsam.

Als ich gestern aus seinem Truck geflüchtet bin, war ich überzeugt, dass zwischen uns nie etwas sein könnte. Warum sollte es ihn plötzlich interessieren, ob ich mich mit einem anderen verabrede?

»Nein, aber ich sollte mir ein Taxi rufen. Es ist schon spät. Ich wollte es zwar nicht, aber ich glaube, ich habe wieder zu viel getrunken.«

Okay, vielleicht wollte ich mich mit Alkohol betäuben, aber dann habe ich mich umso entspannter gefühlt, je mehr wir uns unterhalten haben. Ich bin mir nicht sicher, wie ich zu viel trinken konnte, ohne es zu merken. Ich bin nicht wirklich betrunken, aber ich bin auch nicht nüchtern genug, um zu fahren.

»Bei Tequila mit <u>fünfundfünfzig</u> Prozent Alkohol passiert das eben. Tut mir leid, ich hätte etwas sagen sollen. Wir trinken etwas Wasser und schwitzen es im Whirlpool wieder aus. Ich würde dich ja fahren, aber ich spüre es selbst. Wenn wir ein bisschen warten, kann ich dich nach Hause bringen. Komm.« Er geht aus der Küche. »Ich suche dir was zum Anziehen.«

Ich verstehe die Logik in seinen Worten, aber bei dem Whirlpool bin ich mir nicht so sicher. Ziehen wir uns aus, nur wir beide? Keine gute Idee. Nicht bei dem Verlangen, das ich in den letzten Tagen verspürt habe und bei den Dingen, die er heute Abend sagt. Die mir zu Kopf gestiegen sind und mich mit dummer Hoffnung erfüllt haben.

Trotzdem folge ich Zach in sein Schlafzimmer. Er wühlt in einer der Schubladen seiner Kommode herum und zieht ein High-School-Rugbyshirt heraus. »Das wird reichen. Du kannst dich im Bad umziehen.«

Ich gehe ins Badezimmer und ziehe mich aus. Eigentlich habe ich heute Abend ein hübsches Dessous-Set gewählt. Es ist aus smaragdgrünem Satin und hebt sich schön von meinem hell olivfarbenen Teint ab. Und es ist viel zu sexy, um mit Zach in einen Whirlpool zu steigen. Gut, dass das dunkle Hemd verdeckt, was ich darunter trage.

Nachdem ich das Hemd angezogen habe, das nach ihm riecht–verdammt –, lege ich meine Kleider auf den Toilettensitz und tapse aus dem Badezimmer. Zach trägt Boardshorts, in denen ich ihn schon am Strand gesehen habe. Einen Moment lang lässt er seinen Blick über meine nackten Beine wandern.

»Lass uns gehen«, sagt er und wirft mir ein Handtuch zu, der Funke in seinen Augen ist verschwunden.

Gut, denn wenn er anfängt, mich so anzusehen, haben wir ein Problem.

Er geht den Flur hinunter zum Wohnzimmer und zur Hintertür, die zum Whirlpool führt. Wir alle haben schon tausendmal darüber gesprochen, zusammen in Zachs Whirlpool zu gehen, und ich bin mir ziemlich sicher, dass die Jungs nach dem Taco-Dinner schon länger geblieben sind, um genau das zu tun, aber aus irgendeinem Grund war ich nie dabei.

Zach macht sich nicht die Mühe, das Licht auf der Veranda einzuschalten. Sobald wir in den Whirlpool steigen, drückt er ein paar Knöpfe, und ein Licht am Boden des Whirlpools geht an, zusammen mit sprudelnden Düsen. Ich sinke in einen der Schalensitze, und er reicht mir eine Flasche Wasser. Meine Schultern und der Rest meines Körpers entspannen sich, und ich erschaudere.

»Das war eine gute Idee. Vergiss, dass ich vorgeschlagen habe, nach Hause zu fahren«, sage ich.

Er kichert. »Dieses Baby war der einzige Luxus, den ich mir gegönnt habe, als ich das Haus kaufte.«

Er macht keine Witze. Die Möbel in seinem Haus müssen aus zweiter oder dritter Hand sein. »Deine Couch gefällt mir irgendwie. Der blaue Samt ist gemütlich.«

Ein breites Grinsen breitet sich auf seinem Gesicht aus. »Findest du auch? Das hat meine Oma mir vererbt. Gehört schon ewig zur Familie.«

Ich schüttle den Kopf. »Vor fünfzig Jahren hatte sie einen guten Geschmack.«

Sein Grinsen bleibt, und seine Augen funkeln in dem gedämpften Licht. »Weißt du, Ness, ich habe kein Problem damit, wenn du das nasse Shirt ausziehen und dich in BH und Höschen entspannen möchtest. Ich verspreche, dich nicht zu bespringen. Es ist ja nicht so, als hätte ich dich noch nie in einem Bikini gesehen.«

Stimmt. Mein Bikini hat ungefähr so viel Stoff wie meine Dessous. »Du könntest so tun, als fändest du mich hübsch. Mädchen mögen es manchmal, sich schön zu fühlen, sogar vor ihren männlichen Kumpels.«

»Erstens weißt du, dass du schön bist. Zweitens würde das die Grenze überschreiten.«

Ich stoße einen tiefen Seufzer aus. Ich habe das *schön* gehört, was mich wirklich glücklich gemacht hat – für etwa eine Sekunde. Bis er gesagt hat, er würde die Grenze nie überschreiten.

»Nur zum Spaß, was ist falsch daran, die Grenze zu überschreiten?« *Frage ich das gerade wirklich?* Morgen früh werde ich es wahrscheinlich bereuen, aber im Moment... »Freunde gehen ständig miteinander aus.«

Zach verändert seine Lage und öffnet seine Wasserflasche. »Ich mag unsere Freundschaft. Ich möchte sie nicht ruinieren.«

»Weil du nie länger als eine Nacht bei jemandem bleibst?«

Dieses Verhalten von ihm hat uns getrennt und dafür gesorgt, dass er Single geblieben ist. Es ist ein zweischneidiges Schwert. Solange er Single ist, ist er zu haben. Andererseits bindet er sich nie, also ist das ein irrelevanter Punkt. Ich will keinen One-Night-Stand mit Zach. Ich will mehr.

Er macht ein finsteres Gesicht.

»Was? Es ist doch so. Wer war die letzte Person, mit der du öfter als einmal ausgegangen bist...«

»Das wäre...«

»Mit der du nicht schon geschlafen hattest.«

Er kneift die Lippen zusammen. Habe ich ihn also erwischt.

Er kratzt sich die Seite seines Kinns, sein verräterischer nervöser Tick. »Na schön, ich mache mir eben nichts aus der romantischen Tour.«

»So nennst du das also?«

Seine starken, breiten Schultern heben sich zu einem Achselzucken. »Ich bin einfach kein Beziehungstyp.«

»Du hast langfristige Freundschaften«, sage ich.

»Das ist etwas anderes.«

Ich weiß nicht, warum ich es darauf anlege. Es muss der fünfundfünfzigprozentige Tequila sein, aber ich kann einfach den Mund nicht halten. »Ich wette, wir könnten eine Beziehung aufrechterhalten.« Bei dem Geständnis donnert mir das Herz in der Brust.

Er starrt mich an, als analysiere er ein seltsames Rätsel. »Worauf willst du hinaus, Nessa?«

Ich zucke mit den Achseln, wie er es gerade getan hat. »Nur darauf, dass wir Freunde sind – und wenn wir mehr sein wollten, würde es bestimmt klappen.«

Er schweigt einen langen Moment, dann sagt er: »Nun, das werden wir nie erfahren.«

Mein Gesicht wird heiß. Ich weiß, dass da etwas zwischen uns ist – ich habe es schon immer gespürt. Aber aus irgendeinem Grund kann ich diesmal keinen Rückzieher machen.

»Wenn du so platonisch über mich denkst, sollte es ja egal sein, was ich trage.«

Ich greife frustriert nach dem Saum meines Shirts und ziehe mir den Stoff über den Kopf. Er landet mit einem lauten Platschen auf der hölzernen Veranda.

Zach setzt sich auf, die Augen weit aufgerissen. »Warte, wie bitte?«

»Ahhh, viel besser. Du hast es selbst gesagt. Ich habe keinen Grund, mir Sorgen zu machen, dass du mich bespringst.«

Er windet sich, dann fällt sein Blick für den Bruchteil einer Sekunde unter mein Kinn, nur um dann wieder zurück zu meinem Gesicht zu huschen.

Er lehnt sich an die Seite des Pools, seine Lippen schürzen sich zu einem Grinsen. »Natürlich. Ich habe ja schon gesagt, dass du das Shirt ausziehen sollst.«

Gott, er macht mich wütend. Er will tatsächlich so tun,

als fühle er sich nicht zu mir hingezogen, obwohl mein Bauch und sein Verhalten mir das genaue Gegenteil sagen?

Ich bin es leid, einen Kerl zu wollen, der mich am langen Arm verhungern lässt. Ich bin vielleicht verrückt, aber dieses Spiel können auch zwei spielen. Ich greife nach hinten und öffne meinen BH.

Diesmal verspritzt Zach sogar Wasser, so schnell setzt er sich auf. »Was machst du da?«

Ich ignoriere ihn und ziehe die Träger an meinen Armen herunter. Mein seidenes Spitzenhöschen kommt als Nächstes und landet mit einem leichten Plopp auf dem Shirt, das ich weggeworfen habe.

Meine Hände zittern. Dies ist eine extreme Maßnahme, um etwas zu beweisen. Es ist nicht normal, dass ich mich ausziehe, um die Aufmerksamkeit eines Mannes zu erregen. Tatsächlich habe ich so etwas noch nie zuvor getan. Wäre Zach nicht so ein störrischer Esel, müsste ich es auch nicht tun.

Mit einem tiefen Atemzug schließe ich die Augen und lasse mich in das Wasser sinken, aber die Spitzen meiner Nippel stellen sich auf und schauen über die Oberfläche. Meine Augen öffnen sich. »Hoppla.«

Zach ist erstarrt, sein Blick liegt wie gelähmt auf meinem Körper. »Nessa.« Seine Stimme ist ein ersticktes Knurren.

»Das sollte keine große Sache sein. Du hast gesagt, du fühlst dich nicht zu mir hingezogen«, erinnere ich ihn.

»Das habe ich nicht gesagt.«

»Du hast gesagt, dass es keinen Grund zur Sorge gibt, und dass ich es mir bequem machen soll.«

»Ich hätte nicht erwartet, dass du *Nacktbaden* gehst. Mein Gott.« Er wischt sich mit einer nassen Hand über sein Gesicht.

»Du hast mir gesagt, du hättest kein Interesse.« Mein Tonfall ist jetzt herausfordernd.

»Das waren nicht meine Worte.«

»Es war impliziert.«

Zach fährt sich mit den Fingern kräftig durch seine Haare, sodass sie in stacheligen, feuchten Bündeln von seinem Kopf abstehen. »Ich finde, du solltest das Shirt wieder anziehen.«

»Wieso? Dann würdest du immer noch meine Nip–«

»*Sag* es nicht.«

»–pel sehen. Was ist los, Zach? Hast du ein Problem?«

Ich weiß nicht, warum ich sein Unbehagen genieße, aber ich genieße es wirklich, wirklich sehr.

Ich stütze meinen Fuß auf den Rand des Whirlpools und verschränke meine Beine am Knöchel. Zachs Blick huscht zu meinen Füßen und wandert dann nach oben, um abrupt innezuhalten, als er die Augen fest zusammenkneift. »Ich bin ein schwacher Mann, Nessa. Tu das nicht.«

»Du wirkst nicht wie ein schwacher Mann, Zach. Wir sind seit über einem Jahr befreundet, und du hast noch nie eine Annäherung gewagt.«

»Aber nicht, weil ich es nicht wollte!«

Mein Herz klopft in meiner Brust und eine Sekunde lang schnappe ich nach Luft. Er hat noch nie zugegeben, dass er sich zu mir hingezogen fühlt.

Ich werfe meine Hände in die Luft. »Ich verstehe das nicht. Worauf wartest du?«

»Nessa«, fleht er. »Du musst aufhören.«

Der Ausdruck in seinem Gesicht – er meint es ernst. Er will mich nicht. Also *wirklich* nicht. Nicht, wenn er mich anfleht, meine Kleider wieder anzuziehen. Er findet mich vielleicht attraktiv, weil ich ein nacktes Mädchen in seinem Whirlpool bin, aber er ist *nicht interessiert.*

Mein Mund wird trocken und ich ersticke an dem Schmerz, der aus meiner Brust aufsteigt. Ich stehe abrupt auf, um zu entkommen, erinnere mich dann daran, dass ich völlig nackt bin und setze mich wieder. Ich bedecke mein Gesicht mit meinen Händen und dränge die Tränen zurück, die mir in die Augen schießen.

Warum habe ich das getan? Ich bin hier der Dickkopf. Ich habe es zu weit getrieben und das ist dabei herausgekommen. Ich habe mich völlig zum Narren gemacht.

»Du bringst mich um den Verstand«, sagt er mit müder Stimme.

Wasser rauscht um mich herum, dann werde ich auf seinen Schoss gehoben und seine Arme legen sich um mich. Mein erster Gedanke, losgelöst von der Verzweiflung, ist das elektrisierte Gefühl an meinem ganzen Körper. Meine nackte Haut auf seinem muskulösen, warmen Schoß, seine breite Brust, an die Seite meiner Brüste gepresst. Aber ich unterdrücke das Gefühl, denn Anziehung und Intimität sind nicht das, was er will. Er tröstet mich und versucht, ein guter Mensch zu sein. Ich bin diejenige, die sich ihm an den Hals wirft und schmutzige Gedanken hat, während sie auf seinem Schoss sitzt. *Gott, werde ich es denn nie lernen?*

Seine starken Finger stecken eine Haarsträhne hinter mein Ohr. Er drückt mich an seinen Körper und streichelt meinen Kopf. Als sei ich ein kleines Mädchen.

Mein früherer Ärger lodert bei diesen brüderlichen Berührungen wieder auf – ich habe es so satt. Bis er mich hochhebt, meinen Hintern mit den Händen umschließt und mich fester auf seinen Schoß setzt. *So.*

Er ist dick und lang, und das elektrische Pochen, das ich zu ignorieren versucht habe, wird stärker. Ich löse die Hände von meinem Gesicht und wage es, ihn anzusehen.

Sein Blick ist nicht brüderlich. Er ist konzentriert und

sein Kiefer angespannt, aber als er sich nach vorne beugt und meine Wange küsst, sind seine Lippen weich und sanft.

Mein Herz klopft so stark, dass mir schwindelig wird. »Was tust du da?«

Zach atmet tief ein, sein Körper drückt sich näher an meinen– entzündet, entflammt. »Eine Annäherung wagen.«

Sein Kopf senkt sich zu mir herab, sein Mund nimmt meinen gefangen, und dieses Mal lege ich meine Arme um seine Schultern und erwidere seinen Kuss. Innig und tief, und setze alles frei, was ich für ihn empfinde.

Ich klammere mich an ihn, berühre seinen Hals, sein Gesicht, berühre ihn, wo immer ich kann, weil ich ihn schon so lange begehre. Der Kuss ist heiß – seine Lippen und seine Zunge lassen meinen ganzen Körper beben. Meine Bedenken von vorhin verschwinden. Nichts zählt, als nur wir beide.

Ein leises Stöhnen bricht aus ihm hervor. Seine Hand gleitet an meiner Taille auf und ab und streift über meine Brust, die jetzt gegen seinen Brustkorb gedrückt ist.

Ja. Weiter.

Ich löse meine Lippen nur für eine Sekunde von seinen und stehe auf, um mich rittlings auf ihn zu setzen.

Zach umfasst meinen unteren Rücken und zieht mich näher an sich, während die Länge seiner Männlichkeit gegen meine empfindlichste Stelle drückt. »Nessa, wir sollten das nicht tun.«

Ich brauche eine Minute, um seine Worte zu registrieren. Wovon redet er da? Er kann mich nicht so küssen und mir dann sagen, dass er das nicht will. Aber er hat mir gerade gesagt, er will nicht mehr als eine Freundschaft.

Meine Verwirrung muss sich in meinem Gesicht spiegeln, denn er sagt: »Aber es ist mir egal, ob es richtig ist oder nicht. Ich bin es leid, dagegen anzukämpfen.« Sein Mund prallt gegen meinen, wird dann sanfter, seine Hände umschließen mein Gesicht. Und ich höre komplett auf zu denken. Ich bin es leid, mir Gedanken darüber zu machen, ob diese Anziehungskraft nur in meinem Kopf existiert. Ich spüre *das*. Seine Hände und seinen Mund auf meinem Körper. Das ist meine Realität, und alles andere schalte ich aus.

Zach steht auf und steigt mit mir in seinen Armen aus dem Whirlpool, meine Beine sind um seine Taille geschlungen. Er drückt mich an sich und legt einen starken Arm unter meinen Hintern, sein Mund hört nicht auf, meine Lippen zu verführen.

Wir erreichen die Glasschiebetür, und er bleibt stehen. Ich spüre, wie er sich hinunterbeugt und sein Körpergewicht verlagert.

Draußen ist es kalt, aber sein Körper ist warm. Heiß. Sein Herz pocht wild an meinen Brüsten. Er reißt die Schiebetür auf und schließt sie in weniger als einer Nanosekunde hinter uns. Und dann sehe ich seine Badehose auf dem Boden. *Das war es, was er gerade getan hat.*

Getan…? *Tun* wir das? Ich will es, aber was ist mit ihm? Ich grüble schon wieder zu viel.

Ich lege meine Hände auf beide Seiten des Gesichts, das ich mit jeder Zelle meines Seins anbete– seinen kantigen Kiefer, das Kinn mit dem winzigen Grübchen, das eine Ohr, das einen Hauch weiter absteht als das andere –, den hungrigen Blick in seinen Augen. Als er mich in den Armen hält und mich den Flur hinunterträgt, berühren sich unsere Nasenspitzen beinahe. »Wir müssen das nicht tun, Zach. Wir können Freunde bleiben.«

»Dafür ist es zu spät.«

Als Nächstes fliege ich durch die Luft.

Ich rudere mir den Beinen, bevor ich den Bruchteil einer Sekunde später federnd auf seinem Bett lande.

Zach legt sich über mich und stützt sich mit den Armen ab, während er in die Umrarmung meiner Oberschenkel gleitet. »Geht es dir gut?«

Ich bin nicht hart gelandet – das meint er damit nicht. Er bittet um Erlaubnis. Weil er kein Arsch ist. Ich bedeute ihm etwas, auch wenn er das bis jetzt abgestritten hat.

»Ja.« Ich greife nach oben und streiche mit den Fingern über sein Schlüsselbein, über die Erhebungen seiner muskulösen Oberarme. Zach hat die besten Schultern. Ich könnte sie den ganzen Tag anstarren, wenn mir sein hübsches, hübsches Gesicht nicht so sehr gefiele.

Wo war ich? Ich lasse meinen Finger über seine Unterlippe wandern und er knabbert mit den Zähnen daran, dann gleitet er nach unten. Er küsst die Mitte meiner Brust, dann wandern seine Lippen zu meinem Nippel, wo er mit einer Hand die Seite meiner Brust nach oben drückt und seinen Mund um ihre Spitze legt.

Ich krümme mich unter seinen Lippen, drücke mich an seine Taille und suche nach mehr Reibung. Zach lässt sich Zeit, stiftet mit seiner Zunge Chaos und kümmert sich nicht darum, dass er mich in den Wahnsinn treibt – so, wie er es die letzten anderthalb Jahren getan hat. Obwohl ich diese Form des Wahnsinns gern in Kauf nehme und mit ihr ein zufriedenes Leben führen könnte, hätte ich nichts dagegen, die Dinge etwas voranzutreiben.

Wenn ich ihn nur dazu bringen könnte, sich ein wenig nach Norden zu verlagern, damit er sich mit meiner –

Er greift nach unten und packt meinen Hintern. »Das wollte ich schon tun, seit ich dich zum ersten Mal gesehen habe.« Er knetet meine Kurven, dann schiebt er seine Handfläche auf und ab, als würde er sein Revier abstecken. »Dieser Hintern gehört mir.«

Interessant. Ich hätte ihn nicht als besitzergreifend eingeschätzt. »Ach ja? Nun, ich beanspruche diese Schultern. Und deinen muskulösen Hintern, und diesen dicken, langen–«

Meine Worte werden von einem Kuss abgeschnitten, der so zärtlich ist, dass er mich betäubt. Und ich will nicht mehr reden. Ich will von dem Mann in den Armen gehalten werden, der mich in einer Minute verwirrt und in der nächsten halb wahnsinnig macht.

Zachs Hände streifen umher, bedächtig und auf jeden Zentimeter meines Körpers konzentriert. Es ist schon eine Weile her, dass ich mit einem Mann zusammen war, aber ich kann mich nicht erinnern, dass es sich so anfühlte. Überall, wo seine Hände mich berühren, zittert mein Körper und verlangt nach mehr.

Er greift in der Dunkelheit über die Bettkante und reißt ein Kondom auf. Dann beugt er sich zur Seite und zieht es über. Mein Herz rast bei dem Anblick seines flachen Bauchs, seines muskulösen Beins und des Teils von ihm, der nach mir sucht und mich will. Er lehnt sich zurück, aber er ist immer noch nicht da, wo ich ihn brauche.

»Bist du sicher, dass du nicht ein wenig näher zu mir willst?«

»Mir geht's gut.« Er küsst mein Kinn, die Rundung meiner Wange, den Rand meiner Lippen und lässt sich schließlich auf meinem Mund nieder, wo er mich mit solcher Intensität liebt, dass ich mich frage, ob ich mich die ganze Zeit geirrt habe. Dass Zach immer mehr gefühlt und sich nur zurückgehalten hat.

Ich fahre mit den Händen die Konturen seines breiten Brustkorbs und Bauchs entlang, greife nach seinem Hintern, umfasse ihn und ziehe ihn nach oben. Er ist viel größer als ich, und es gelingt mir nicht, ihn wesentlich zu bewegen, aber schließlich rutscht er herauf, bis ich seine Spitze dort spüre, wo mein Körper pulsiert.

»Ich werde dir nicht wehtun, Nessa.« Es ist ein Schwur. Als überzeugte er sich selbst. Und dann gleitet er in mich und alles was ich denken kann ist, *Er gehört mir. Vorerst.* Und hoffentlich noch länger, wenn ich beweisen kann, dass die Sache zwischen uns stimmt.

Die Liebe, die ich für Zach empfinde, legt sich wie eine Decke um uns. Es kann nicht sein, dass er das nicht spürt. Und ich bin nicht mehr in der Lage, etwas anderes vorzutäuschen.

Ich will ihm sagen, was ich fühle – so viel Liebe – aber ich bleibe still. Und dann höre ich auf, an etwas anderes zu denken als an seine Finger, die meine Nippel leicht zusammendrücken, seine Hand, die sich um meinen Hintern schmiegt, genau wie er gesagt hat – als ob er ihm gehört –, ein Griff, den er benutzt, um sich genau im richtigen Winkel herein- und hinaus zu führen.

Mein Atem stockt, als er auf eine bestimmte Stelle trifft. Und da er heute Abend plötzlich so einfühlsam ist, bleibt er dort und bearbeitet sie immer und immer wieder.

Sterne flackern vor meinen Augen auf. Mein Körper beginnt zu zucken, als der längste Orgasmus in der Geschichte der Orgasmen mich plötzlich überwältigt.

»Oh Gott«, sage ich, als ich langsam von einem Hochgefühl herunterkomme, das ich noch nie zuvor erlebt habe.

»Nein, nur ich. Und übrigens, wir sind noch nicht fertig.«

Zach bewegt sich in einem sanften Rhythmus, bis meine Atmung keine keuchendes, hechelndes Durcheinander mehr ist und sich langsam normalisiert.

»Ich kann nicht mehr«, murmelt er und verändert seine Position leicht. Sie muss sich gut anfühlen, denn er kommt schon, stöhnt und bebt über mir, als Gegenstück zu der Lust weiter unten, saugt er mit dem Mund an meinem Hals.

Als sein Atem sich langsam beruhigt, verteilt er Küsse auf meinem Hals und meinem Gesicht, als könne er nicht genug bekommen. Dann gleitet er zur Seite und schmiegt sich eng an mich.

Wir liegen ein paar Minuten lang so da, und ich schlafe ein. Das Nächste, was ich mitbekomme, ist, dass er aus dem Bett aufsteht und ins Badezimmer geht. Ich bin so müde und erfüllt, dass ich mich nicht bewegen kann, also tue ich es nicht. Ich liege da wie ein Stein.

Nach was scheint wie nur wenige Sekunden bewegt sich die Matratze und Zach schließt mich in seine Arme, sein ganzer Körper berührt meinen. Ich schlafe ein und frage mich, ob das alles nur ein Traum ist.

Und ob er morgen meine neue Realität sein wird, oder nicht.

Kapitel Vier

Ich bin völlig entspannt, abgesehen davon, dass sich mein Mund anfühlt, als hätte ich die ganze Nacht mit Watte darin geschlafen. Ich blinzle ein paar Mal und blicke mich im Zimmer um. Meine Augen weiten sich.

Heilige Scheiße! Ich bin bei Zach. Und gestern Abend...

Ich blicke hinüber, ohne mein Gesicht zu bewegen, aus Angst, ich könnte ihn wecken. Und dann sehe ich doch hin, weil er auf dem Bauch eingeschlafen ist, an mich gedrückt, einen Arm unter den Kopf gelegt. Ich möchte die Hand ausstrecken und ihn berühren. Er ist so süß. Irgendwann muss er eine Decke über uns geworfen haben, denn wir haben es nicht einmal bis zu den Kissen geschafft. Wir liegen in der Mitte des Bettes, seine Füße baumeln am Ende herunter.

Ich würde es gern auf den Tequila schieben, aber *so viel* habe ich gestern Abend nicht getrunken. Das Einzige, was ich zu meiner Verteidigung sagen kann, ist, dass ich ein ausgehungertes Mädchen war. Sobald ich Zugang zu dem Typen meiner Träume hatte, bin ich über ihn hergefallen – und danach prompt eingeschlafen.

Himmel, ich bin wie ein Mann. Ich nehme mir, was ich will und dann schlafe ich ein.

Mein Magen verzieht sich. Und wenn er es bereut? Ich meine, ich habe mich vor ihm ausgezogen. Und dann habe ich geweint. Heilige Scheiße, was, wenn das, was wir getan haben, Sex aus einer Art Mitleid war, das er mir gegenüber empfunden hat?

Ich sollte gehen. Raus hier, bevor er aufwacht. Denn wenn er aufwacht und sich unwohl fühlt, oder versucht, mich zur Tür zu scheuchen, würde es mir das Herz brechen. Damit kann ich im Moment nicht umgehen. Ich brauche eine Dusche. Und eine Zahnbürste. Und etwas Zucker, bevor ich diese Art von Enttäuschung ertragen kann.

Licht strömt durch das Fenster, aber es ist blass und blau, als sei es noch früh. Ich lasse meine Hand über die Matratze an die Seite des Bettes gleiten und blicke zu ihm hinüber, um zu sehen, ob er sich rührt.

Keine Lebenszeichen. Ich stehe auf und beobachte ihn, als wäre er ein tollwütiges Tier, das kurz davor ist, über mich herzufallen. Ich suche so konzentriert nach einer möglichen Bewegung, dass ich nicht darauf achte, wohin ich gehe.

Mein kleiner Zeh stößt gegen den Fuß des Bettrahmens. Der Schmerz schießt mir das Bein hinauf und es gelingt mir gerade noch, still zu bleiben.

Verdammt noch mal!

Hüpfend halte ich meinen Zeh fest, verliere das Gleichgewicht und lande auf meinem Hintern. Ich krieche in Richtung Badezimmer und spähe über meine Schulter, um sicherzugehen, dass Zach noch schläft.

Ich bin eine Idiotin, wie ich da am Boden liege und mich wie ein Dieb in der Nacht davonschleiche.

Und damit komme ich im Moment völlig klar.

Ich ziehe die Badezimmertür leise zu, bis sie nur noch einen Spalt breit offensteht. Dann halte ich mich am Waschtisch fest, ziehe mich hoch und hole Luft. Ich stütze meinen Fuß auf den geschlossenen Klodeckel und sehe mir meinen kleinen Zeh an. Er ist knallrot und geschwollen. Fantastisch.

Schnell ziehe ich mich an – ohne BH und Höschen, verdammt, denn die liegen noch immer auf einem feuchten Haufen neben dem Whirlpool –, blicke in den Spiegel, und… heilige Scheiße. Die Mascara ist unter meinen Augen verschmiert und ich drücke meinen Finger an die Seite meines Halses – ein roter Fleck auf meiner Haut. Ist das ein Knutschfleck? Hat er mich *markiert*?

Wow. Mein Gesicht wird warm, mein Bauch spannt sich an. Gestern Abend war – ich fächere mir mit der Hand Luft zu. Ich muss hier wirklich raus, bevor ich etwas Dummes tue, wie zurück zu ihm ins Bett zu kriechen.

Gut möglich, dass er die letzte Nacht bereut.

Ich entferne schnell so viel wie möglich von der Wimperntusche unter meinen Augen und starre auf meine Haare. Sie sind verknotet und stehen ab, als hätte ich sie an der Seite eines Luftballons gerieben. Ich erinnere mich nicht daran, dass ich meinen Kopf an der Matratze gerieben habe, aber na ja… ich war beschäftigt. Guter Gott, so gut habe ich mich noch nie zuvor gefühlt. Mein Körper summt immer noch von dem, was Zach mit mir gemacht hat. Kein Wunder, dass die Frauen ihn mögen.

Quatsch! Ich hasse es, ihn mir mit anderen Frauen vorzustellen. Was, wenn er mit dem weitermacht, was er immer getan hat? Mit anderen ins Bett steigt und mich *Kleinchen* nennt? Wie werde ich damit umgehen? Ich lege meine Hände auf den Waschtisch und atme tief ein. Das ist genau der Grund, weshalb ich gehe, bevor ich gezwungen bin, mich Wahrheiten zu stellen, die man in meinem liebeskranken Zustand nur schwer begreifen kann.

Mit meinen Schuhen und meiner Handtasche in der Hand humple ich aus dem Badezimmer. Ich kann auf keinen Fall in einem Schuh mit Absatz gehen, wenn mein Zeh doppelt so groß ist wie sonst. Außerdem befinde ich mich im Schleichmodus. Ich brauche keine lauten Absätze, die Zach wecken.

Er liegt in genau der gleichen Position da, in der er war, als ich das Bett verlassen habe. Er hat sich nicht bewegt; sein muskulöses Bein lugt unter der Decke hervor. Meine Brust schnürt sich zusammen.

Ich gehe nicht gern, aber ich kann die Angst nicht unterdrücken, dass er die letzte Nacht bereuen, oder, schlimmer noch, mich wie jede andere Frau behandeln könnte, mit der er je geschlafen hat. Damit könnte ich nicht umgehen.

Was ist, wenn unsere gemeinsame Nacht alles ruiniert hat?

––––––

Zach

ICH BLINZLE mir den Schlaf aus den Augen.

Irgendetwas stimmt nicht. Mit einem Blick auf die Schranktür versuche ich herauszufinden, was sich falsch anfühlt...

Ich setze mich abrupt auf und starre auf den leeren Platz neben mir. »Nessa?«, rufe ich.

Keine Antwort. Ich springe aus dem Bett und ziehe mir eine Turnhose über. Ich haste durch das Schlafzimmer und schiebe die Badezimmertür ganz auf. Sie ist nicht da, und auch nicht die Kleider, die sie gefaltet und zu ihrer Handtasche gelegt hatte.

Mit rasendem Herzen gehe ich den Flur entlang. Meine Glieder sind geschmeidig, gelassen und ruhig, aber meine Brust ist eng und angespannt. Noch nie habe ich mich nach einer Nacht mit einer Frau so widersprüchlich gefühlt. Andererseits ist sie nicht irgendeine Frau. Sie ist *Nessa*. Und sie ist nicht da, wo ich sie zurückgelassen habe.

Sie ist nicht in der Küche oder im Wohnzimmer, und die Kette ist nicht vor die Haustür geschoben. Ich vergesse nie, die Kette vorzuschieben, bevor ich zu Bett gehe. Obwohl ich gestern Abend nicht gerade an Einbrecher gedacht habe. Es gibt eine Menge Dinge, die ich gestern Abend *vergessen* habe. Zum Beispiel mein Versprechen, das niemals mit Nessa zu tun.

Aber ich habe es trotzdem getan.

Und es war unglaublich.

Ich habe gewusst, dass ich mich bei Alexis und den anderen Frauen, mit denen ich nach ihr geschlafen habe, unter Wert verkaufte, um mich von der Schuld zu reinigen. Aber nichts konnte mich darauf vorbereiten, mit Nessa Liebe zu machen. Sie würde mich nie benutzen und ich habe nichts zurückgehalten. Denn bei diesem Mädchen bin ich ich selbst.

Seit dem Tag, an dem ich meine Jungfräulichkeit an Alexis verloren habe, war Sex mit Frauen nie etwas Ernstes. Mit Nessa hat es nichts von diesem Mist gegeben. Sie bedeutet mir so viel, und jetzt, da wir die Grenze überschritten haben, lasse ich sie nicht mehr los.

Außerdem bin ich kurz davor, den Verstand zu verlieren, wenn ich nicht herausfinde, wohin sie gegangen ist. Es gefällt mir gar nicht, dass sie vor mir wegläuft.

Ich suche das Wohnzimmer ab, stürme auf die Glasschiebetür zu und spähe hinaus. Der Whirlpool ist offen.

Die Blasen schalten nach einer gewissen Zeit automatisch ab, aber das Licht ist immer noch an. Ich habe nicht einmal die Schiebetür ganz geschlossen, als ich Nessa ins Haus trug. So eilig hatte ich es, sie in mein Bett zu bringen.

Ich öffne die Tür und gehe in meinen Shorts hinaus. Die frische Morgenluft und der kühle Boden unter meinen Füßen sind erfrischend. Ich schalte den Whirlpool ab und sehe Nessas Höschen und BH daneben liegen.

Ich lächle und gehe hinüber, um die Unterwäsche aufzuheben. Sie ist verdammt sexy und ich hätte sie gern darin gesehen, aber nicht so sehr, wie ich es genossen habe, Nessa ohne sie zu sehen. Ich wringe Höschen und BH aus, hänge sie zusammen mit meiner Badehose zum Trocknen über einen Stuhl und gehe wieder hinein. Nessa hat sich nicht einmal ihre Unterwäsche geschnappt, bevor sie gegangen ist. War sie sauer?

Wir haben die ganze Nacht aufeinander geklebt. Ich weiß das, weil ich ein paarmal aufgewacht bin und ihr beim Schlafen zugesehen habe, bis die Erschöpfung mir schließlich die Fähigkeit raubte, das wunderschöne Mädchen neben mir wie ein Perverser zu beobachten.

Wie konnte sie gehen, ohne sich zu verabschieden? Wenn sie glaubt, dass wir jetzt wieder nur Freunde sind, hat sie sich geirrt. Und ich werde ihr zeigen, wie sehr sie sich irrt. Sobald ich sie gefunden habe. Ich denke, es wird mir Spaß machen, ihr zu beweisen, wie gut wir zusammenpassen.

Ich weiß nicht, warum ich so lange dagegen angekämpft habe, aber damit bin ich fertig. Ich hatte das vielleicht nicht geplant, aber ich werde alles tun, was nötig ist, um sie glücklich zu machen. Nessa verdient alles.

Ich sehe auf die Uhr. *Acht.* Sie kann noch nicht lange weg sein, denn das letzte Mal, als ich aufwachte, war es fünf Uhr morgens und sie schlief fest. Ich habe mich umgedreht und ihren sexy Körper an meinen gepresst. Es hat mich all meine Kraft gekostet, sie nicht zu wecken.

Ein Lächeln breitet sich über mein Gesicht. Ich gehe in Richtung meines Schlafzimmers um eine Dusche zu nehmen und sie dann aufzuspüren, als ein lautes Klopfen an der Eingangstür zu hören ist. Ich denke, dass sie zurückgekommen ist und öffne die Tür mit diesem lächerlichen Grinsen im Gesicht.

Eine Welle der Enttäuschung schwappt über mich. »Wie läuft's, Dad?«

»Da hatte wohl jemand eine lange Nacht.« Er schiebt sich an mir vorbei und geht in die Küche.

Mein Vater ist mittelgroß, hat breite Schultern und dank all der Casino-Vergünstigungen, die er bekommt, ein paar Extrapfunde drauf. Aber er ist ein gutaussehender älterer Kerl, zumindest wurde mir das gesagt.

Ich verweile in der Nähe der Tür. Ich hoffe, das dauert nicht lange. Ich kann die Dinge nicht stehen lassen, wie sie sind, wenn Nessa einfach so wegläuft. Habe ich sie irgendwie verärgert? Vielleicht schaue ich noch bei Muffin Top vorbei und hole auf dem Weg zu ihr Bagels und Kaffee.

»Was hast du zu trinken hier?«, fragt mein Vater, während er Schranktüren öffnet und wieder schließt.

»Im Kühlschrank ist Orangensaft und etwas Milch.«

Dad schnappt sich den Orangensaft und runzelt die Stirn. Gezielt blickt er zu dem Schrank über dem Kühlschrank und findet den Wodka, den ich dort aufbewahre.

»Dad, ich habe noch etwas zu erledigen. Können wir das später nachholen?«

Er hebt eine Augenbraue, und ich seufze. Wenn mein Vater auf stur schaltet, hilft alles nichts. Ich gehe in Richtung Küche und sinke auf den Stuhl vor der Kücheninsel.

»Was hast du so getrieben?« Er gießt Orangensaft in

einen Becher und gibt einen kräftigen Spritzer Absolut hinzu. Dann prostet er mir zu und sieht mich fragend an. Ich schüttle den Kopf.

»Arbeiten. Und arbeiten. Und noch mehr arbeiten.«

» Arbeit allein kann es nicht sein.« Er sieht sich um, sein Blick bleibt an meiner Badehose und Nessas Höschen auf dem Stuhl draußen hängen. »Wer ist das Mädchen, das heute Morgen gegangen ist?"

Auf die durch jahrelanges Glücksspiel geschärfte Beobachtungsgabe meines Vaters, belastende Gegenstände ausfindig zu machen, ist Verlass. »Woher weißt du, dass sie heute Morgen weggegangen ist?«

»Du sitzt auf heißen Kohlen, und du bist« – er hebt die Hand und macht eine Geste an der Seite seines Gesichts – »spitz«.

»Ernsthaft, so etwas sagst du zu mir? Dad, ich will nicht über mein Privatleben reden. Wir haben nie darüber gesprochen. Kein Grund, jetzt anzufangen.«

Er reicht mir ein Glas Orangensaft – ohne Wodka. »Nun, vielleicht sollten wir das tun. Verbringst du immer noch Zeit mit Alexis? Was treibt sie so?«

Scheiße! Ich will nicht über Alexis reden. Nicht, solange ich noch wegen Nessa unter Strom stehe.

Manchmal frage ich mich, wie viel mein Vater von meiner Vergangenheit mit Alexis ahnt. »Ich weiß nicht, was sie treibt. Ich kontrolliere sie nicht.«

Was mich angeht, ist alles, was Alexis und ich hatten, vorbei. Und ich habe vor, es ihr so bald wie möglich zu sagen.

»Zu schade – sie hat einen scharfen Körper.«

Jetzt stachelt er mich auch noch an. Ich glaube nicht eine Minute lang, dass mein Vater hinter Alexis her ist. Sie mag körperlich attraktiv sein, aber das sehe ich schon lange nicht mehr. Alles, was ich sehe, ist ihr Inneres– etwas, das mein Vater vor Jahren schon gesehen hat, als er meine Mutter davor warnte, mit ihr befreundet zu sein.

»Wenn Alexis so toll ist, warum bleibst du dann nicht mit ihr in Kontakt?«, fauche ich und nehme das Glas, das er für mich eingeschenkt hat.

»Das ist eine Nummer zu groß für mich. Sie mag ihre Männer jung.«

Ich verschlucke mich an meinem Saft. *Scheiße!*

Dad kippt seinen *Screwdriver* hinunter. »Tja, ich haue ab. Ich habe einen Termin in Reno. Geh und such *dein Mädchen*.« Er zwinkert mir zu.

»Verlier nicht dein letztes Hemd. Das Glück währt nicht ewig.«

»Halt die Klappe. Für mich währt es jetzt schon sechs Jahre, und es ist kein Ende in Sicht. Das ist nicht Glück, das ist Geschicklichkeit.«

Er geht hinaus, und ich lasse den Kopf in meine Hände sinken.

Bestimmt ist es Geschicklichkeit. Aber mein Vater hat genügend schlechte Phasen gehabt, die uns fast ins in den Ruin getrieben hätten, als ich in der High School war. Damals hatte ich nachmittags und an den Wochenenden einen Teilzeitjob. Mehr Stunden hätte ich nicht machen können, ohne die Schule abzubrechen, und das hatte ich sicher nicht vor. Ich bin kein Genie, aber ich wusste, dass ich einen Abschluss brauchen würde, um weiterzukommen. Gott sei Dank hielt die Pechsträhne meines Vaters nicht lange an. Er hatte mehr Vertrauen in sein Glück als ich und gewann einige große Summen an den Blackjack-Tischen, während er sich mit Alexis' Ex-Mann anfreundete.

Alexis ließ sich von ihrem Mann scheiden, als ich in der High School war – und nahm einen guten Teil seines Geldes mit. Jetzt spielt sie genauso oft an den Tischen wie mein Vater. Aber sie ist klug. Sie spielt mit dem Geld *anderer* Leute und lebt von ihren hübschen Unterhaltszahlungen. Alexis hat mir immer gesagt, ich sei die wichtigste Person in ihrem Leben. Es hat mich nicht gestört, dass sie sich mit anderen Männern verabredete. Ich dachte, wir hätten etwas Besonderes, und habe mich darüber gefreut wie ein Kind an Weihnachten, dass sie mich als ihren Liebling bezeichnete. Das zeigt, wie jung und dumm ich war, als unsere Affäre begann.

Jetzt ist mir das scheißegal. Ich habe das, was wir getan haben, so satt. Es macht mich buchstäblich krank. Die Heimlichtuerei, der Mist, den sie mir erzählt, um mich bei der Stange zu halten... Ich bin drüber weg. Was ich will, ist jetzt so klar. Und diesmal greife ich danach.

Ich dusche den Schmutz ab, den der Gedanke an Alexis immer auf meiner Haut hinterlässt, und ziehe mich schnell an. Mein Bedürfnis, Nessa zu finden und sicherzustellen, dass alles in Ordnung ist, wächst mit jeder Sekunde. Aber weil heute ein grauenvoller Morgen ist, kommt Alexis zur Haustür herein, während ich meine Brieftasche in die hintere Tasche meiner Jeans stecke.

Und das ist meine Schuld, weil ich ihr dummerweise vor Jahren einen Hausschlüssel gegeben habe.

Was von meiner Hochstimmung um Nessa übriggeblieben ist, verfliegt – das schöne Gefühl, das sie mir gestern Abend mit ihrer wunderbaren Seele, ihrem verlockenden Mund und ihrem unglaublichen Körper eingeflößt hat. All dieses verbleibende Schöne verschwindet, als Alexis auftaucht.

»Hallo, Liebling.« Sie schließt die Tür, geht auf mich zu und schlingt ihre Arme um meine Taille.

Ich dränge sie zurück, aber sie hat mich fest in ihrem Griff. »Was brauchst du, Alexis?«

Sie blickt mich ungläubig an. »Begrüßt man so seine

Geliebte? Was ist in letzter Zeit in dich gefahren?« Schließlich tritt sie einen Schritt zurück, wahrscheinlich, weil ich sie immer noch von mir schiebe.

Ich gehe zum Sofa und setze mich. Wir müssen das ausdiskutieren. Ich werde es nicht länger aufschieben. Alles hat sich geändert. Nun, es ändert sich schon seit einer Weile, aber jetzt möchte ich, dass es endet. Auf keinen Fall werde ich wegen Alexis die Sache zwischen Nessa und mir gefährden.

»Hör zu, am Anfang hatte ich Gefühle für dich.« Ich falte die Hände zwischen meinen Knien. »Oder zumindest glaube ich, dass das so war. Ich war jung...«

Sie schmollt und rutscht neben mir auf das Sofa, dann streicht sie mir mit der Hand über die Brust. Ich schiebe ihre Hand weg und schalte einen Gang hoch. Alexis ist zu aggressiv, um die sanfte Tour zu verstehen. »Ich bin nicht mehr an einer Beziehung mit dir interessiert. Wir haben uns beide weiterentwickelt und verändert. Ich hätte es schon vor Jahren beenden sollen. Ich will, dass wir es jetzt beenden, und ich hätte gern meinen Schlüssel zurück.«

Ihr Ausdruck ist für den Bruchteil einer Sekunde wie eingefroren, ein Hauch von echter Angst liegt in ihren Augen. Dann schnaubt sie heftig. »Das kann nicht dein Ernst sein.«

»Es könnte mir nicht ernster sein. Ich wünsche dir alles Gute.« Ich stehe auf und gehe zur Tür in der Hoffnung, dass sie den Wink versteht.

Ich würde ihr ja sagen, dass sie eines Tages jemanden glücklich machen wird, aber nach allem, was sie mir angetan hat, glaube ich nicht daran. Alexis ist hinterhältig, verräterisch – eine rundum unglückliche Person. Ich habe es nicht erkannt, bis ich endlich Luft geholt habe. Mit Nessa.

In dem Moment, als ich Nessa geküsst habe, hat sich

meine beschissene Welt gerade gerichtet. *So* sollte es eigentlich sein. Nicht so etwas kaltes, verstörtes, wie ich es mit Alexis oder sonst jemandem hatte.

»Natürlich werden wir uns weiterhin sehen. Bindungen wie unsere enden nie.« Sie folgt mir zur Tür und versucht wieder, mich zu berühren.

Ich packe ihr Handgelenk, bevor sie mich erreicht, und drücke es an ihre Seite. »Du und ich waren nie zusammen. Nicht so. Und nein, wir werden uns nicht wiedersehen. Ich bin fertig.«

Ihr Blick schmälert sich. »Wer ist sie?« Ihr Tonfall ist hart und scharf, und ich wünschte, ich hätte nichts gesagt.

»Niemand, um den du dich kümmern müsstest. Ich bin sicher, du willst, dass ich glücklich bin.« Ich glaube nicht, dass sie sich einen Dreck um mein Glück schert, aber ich versuche sie auf subtile Weise davon zu überzeugen, den richtigen Weg einzuschlagen.

»Liebling, wir können doch wenigstens Freunde sein, nicht wahr?« Ihre Worte sind süß, fast warm, aber ich weiß es besser. Sie wird jedes Mittel nutzen, um ihre Krallen in mir zu versenken – um mich glauben zu machen, dass ich ihr wichtig bin, obwohl sie sich eigentlich nur um sich selbst schert.

Wichtiger ist, dass *ich* nichts mehr für sie übrighabe. »Nein. Das können wir nicht.«

Sie verschränkt ihre Arme vor der Brust. »Das ist lächerlich. Was hat diese kleine Schlampe gegen dich in der Hand? Sag mir nicht, dass sie nicht teilen will. Wir wissen beide, dass du kein Beziehungstyp bist.«

Bisher bin ich das nicht gewesen, aber das heißt nicht, dass ich es nicht werden kann. Die Sexdates, die ich zwischen den Nächten mit Alexis hatte, waren alle nur Mittel, mich von ihr zu reinigen, aber sie haben ihre eigenen Abdrücke hinterlassen. Ich hatte keine Gefühle für diese Frauen, ich wollte nur sichergehen, dass sie Spaß hatten und sicher nach Hause kamen. Es hat noch nie jemanden gegeben, an den ich mich binden wollte. Bis Nessa kam.

Auf keinen Fall werde ich Nessa teilen. Würde es nicht einmal in Betracht ziehen.

Und wenn Nessa mich haben will, bin ich voll und ganz dabei.

Kapitel Fünf

Gegen zehn Uhr fahre ich bei Nessas Wohnung vor, nachdem ich Alexis aus der Tür geschoben habe. Ich habe ihr gesagt, sie solle sich um ihren eigenen Kram kümmern und sich von mir fernhalten, nachdem sie sich erkundigt hat, mit wem ich zusammen bin. Ich musste ihr den Schlüssel zwar praktisch aus der Hand reißen, aber ich habe ihn zurück. Hätte ich das nicht getan, hätte ich die Schlösser austauschen lassen.

Ironischerweise war das heute Morgen das erste Mal in den drei Jahren, seit ich das Haus gekauft habe, dass Alexis den Schlüssel überhaupt benutzt hat. Und es wird auch das letzte Mal gewesen sein.

Ich habe schnell bei Muffin Top angehalten, um zwei Milchkaffees und etwas Gebäck zu holen, in der Hoffnung, ein spätes Frühstück mit Nessa haben zu können. Trotz meiner unerwünschten Besucher ist es noch früh genug, um sie vielleicht zu Hause zu erwischen. Wo wir reden... und den Dingen einen Namen geben können. Denn es gefällt mir nicht, wie sie weggelaufen ist, ohne sich zu verabschieden. Hat ein schlechtes Gefühl in meinem Bauch hinterlassen.

Ich klopfe an die ihre Wohnungstür, und ihre Mitbewohnerin öffnet. »Hey, Teresa. Ist Nessa da?«

»Hi. Nein, sie macht gerade ein paar Besorgungen.«

Ich stoße einen tiefen Seufzer aus. Heute Morgen läuft es nicht so, wie ich erwartet hatte. »Weißt du, wo sie ist?«

»Nein, weiß ich nicht. Tut mir leid. Soll ich ihr etwas ausrichten?«

Ich reiche Teresa einen Kaffee und die Tüte mit dem Gebäck. »Sag ihr einfach, dass ich sie suche. Ich habe ihr schon eine Nachricht auf dem Handy hinterlassen.«

Sie nimmt die Sachen an. »Sicher, ich sage ihr, dass du hier warst.«

Das fühlt sich langsam nicht mehr danach an, als würden Nessa und ich uns einfach zufällig verpassen. Geht sie mir aus dem Weg?

Ich gehe zu meinem Truck und denke an letzte Nacht zurück − und an den besten Sex meines Lebens. Die Verbindung, die wir hatten, war intensiv. War sie zu intensiv? War ich zu viel für sie? Wir sind gute Freunde, vielleicht verliert sie die Nerven.

Ich lege meine Stirn auf das Lenkrad. »Reiß dich zusammen.« Ich muss mich beruhigen und sie mit einem Anruf oder einer SMS auf mich zukommen lassen.

Ich bin es nicht gewohnt, mich darum zu sorgen, ob ich ein Mädchen wiedersehe oder nicht. Ich weiß nicht, wie ich mit der Situation umgehen soll. Eine Beziehung mit Nessa ist nicht auf dem Plan gestanden. Ich habe versucht, sie zu beschützen − mich fernzuhalten. Aber es hat nicht funktioniert. Ich wollte sie zu sehr. Jetzt, wo wir die Grenze überschritten haben, gibt es kein Zurück mehr, und das will ich auch nicht.

Heute Abend arbeiten wir beide auf der »Bitchin'

Eighties«-Party im Blue. Wenn wir uns vor der Arbeit nicht sehen, werde ich sie bitten, sich danach mit mir zu treffen. Und dann besprechen wir die Sache ganz genau, denn es war nicht cool, dass sie mich nach dem besten Sex in der Geschichte des heißen Sex allein zurückgelassen hat. Und wenn ich unterbewusst weiß, dass die Verbindung viel mehr mit Nessa und weniger mit Sex zu tun hat, dann ist das in Ordnung. Ich werde meine Gefühle jetzt nicht überanalysieren. Sie soll einfach nur meine Anrufe beantworten.

Nessa

ICH BIN den ganzen Tag ein nervöses Wrack gewesen. Nachdem ich alle Besorgungen erledigt habe, die mir in den Sinn kamen, um nicht an Zach denken zu müssen, habe ich schließlich meine Nachrichten durchgesehen. Meine Schwester hat einmal angerufen und Zach zweimal. Teresa hat gesagt, er ist auch vorbeigekommen.

Sie hat mich bereits darüber befragt, wo ich gestern Abend war, und ich bin mir ziemlich sicher, sie weiß, dass etwas nicht stimmt. Ich bin nicht ins Detail gegangen, aber sie weiß, dass ich die Nacht bei Zach verbracht habe. Sie hat mich schon einmal nach meinen Gefühlen für ihn gefragt. Ich habe geschwiegen und sie vor ihr verheimlicht, so wie ich es bei all meinen Freunden getan habe, aber meine Mitbewohnerin ist mir definitiv auf der Spur.

Es war süß von Zach, mir Essen vorbeizubringen, aber das könnte auch ein Friedensangebot für den Fehler sein, den er gemacht hat. Er hat vielleicht keine langanhaltenden Beziehungen mit Frauen (oder mehr als ein Date), aber er ist immer ein anständiger Kerl gewesen. Er würde niemals einfach abhauen – *Gott*, so wie ich es getan habe.

Heute Morgen war ich ein riesiges Weichei, und ich bin es immer noch. Ich will Zach nicht verlieren und ich denke, wenn ich ihm aus dem Weg gehe, muss ich mich dem Problem nicht stellen. Irrational, aber effektiv.

Eine kleine Stimme in meinem Hinterkopf meldet sich immer wieder damit, dass er mich vielleicht tatsächlich sehen *möchte*. Dass es ihm vielleicht nicht gefallen hat, als ich heute Morgen gegangen bin. Ich habe sie verdrängt, weil ich mir keine Hoffnungen machen will. Zach ist der König der Affären. Auf jeden Fall werde ich ihn heute Abend im Blue sehen, weil wir ausnahmsweise einmal im selben Raum zusammenarbeiten. Kein Verstecken mehr. Zeit, ihm gegenüberzutreten.

Ich flippe beinahe aus, als ich ins Casino gehe.

Tief einatmen. Noch eine Viertelstunde, bevor meine Schicht beginnt.

Ich nehme den Aufzug in die Chefetage. Ich bin ein paar Minuten früher gekommen, um Mira eine Frage zu stellen. Es ist der Beginn meiner Schicht und ihre ist gerade zu Ende, aber ich sollte sie noch erwischen.

Ich winke Gayle, der Empfangsdame, zu, als ich durch die Executive Lobby gehe. Es heißt, dass Gayle früher als Cocktailkellnerin gearbeitet hat, bevor sie eine Stelle in der Verwaltung bekam. Sie trägt einen förmlichen marineblauen Nadelstreifenanzug, aber wie immer ist sie stark geschminkt und ihr Haar ist knallrot. Ich kann mir Gayle ganz genau vorstellen, wie sie früher mit den anderen Kellnerinnen unten gearbeitet hat. Und ich hoffe, in ihre Fußstapfen zu treten – was den Führungsjob betrifft, nicht die roten Haare.

Ich schlängle mich durch zwei Korridore zu Miras Büro. Sie sitzt in einem dieser engen, fensterlosen Räume.

Ich würde gern sagen, dass er gemütlich ist, aber das ist er definitiv nicht. An der einen Wand steht ein riesiges Whiteboard voller Termine und Veranstaltungen, an der anderen eine große, halbtote Pflanze.

Mira blickt auf, als ich hereinkomme, und lächelt. »Na, wie geht's dir?« Sie schlüpft in die Pumps, die sie unter ihren Schreibtisch gestellt hat, und umarmt mich.

Ich ziehe sie auf, weil sie gestern Abend nicht aufgetaucht ist, nachdem sie mir ein schlechtes Gewissen eingeredet hat, damit ich zu dem Taco-Dinner gehe. Sie deutet auf ihren Schreibtisch, auf dem sich Aktenordner stapeln.

»Ist es das, woran du gearbeitet hast?«

»Ja.« Sie seufzt. »Blue hat in den letzten Monaten unter Personalmangel gelitten. Wir haben einen neuen Mann im Hotelbereich, aber der Rest der Arbeit fällt auf mich oder Hayden zurück. Wie läuft es unten? Da du hier bist, nehme ich an, du arbeitest heute Abend.«

»Ja, ich werde im Club sein.« Man muss Mira nicht sagen, dass ich auf der »Bitchin' Eighties«-Party arbeite. Sie hat mehr Ahnung von den Blue-Events als jeder andere, den ich kenne.

»Ich bin ein paar Minuten früher gekommen, um dich etwas zu fragen.« Ich stecke eine lange Locke hinter mein Ohr, bin plötzlich nervös. »Könntest du mir Bescheid sagen, falls im Blue eine Stelle frei wird, von der du denkst, dass ich qualifiziert wäre?« Ich rassle die Praktika herunter, die ich am College absolviert habe.

Es ist vielversprechend, dass das Casino mehr Unterstützung braucht, aber ich habe wenig bis gar keine echte Berufserfahrung. Trotzdem hoffe ich, dass sich etwas ergibt, das mich in die Führungsetage befördern könnte.

Ich kann nicht glauben, dass ich seit über einem Jahr als Kellnerin arbeite. Als ich nach Lake Tahoe gezogen bin, haben meine Eltern mich gedrängt, mir einen »richtigen Job« zu suchen, nachdem sie das College für mich bezahlt haben. Anderthalb Jahre später wird mir klar, dass mir die Zeit davongelaufen ist. Es ist so lange her, dass sogar meine Eltern verstummt sind. Aber ich bin bereit, mich zu verändern.

»Ich werde auch bei den anderen Casinos anfragen. Ich wollte mich nur zuerst mit dir abstimmen, da ich bereits im Blue arbeite. Es kann wohl nicht schaden, Erfahrung unten im laufenden Betrieb zu haben?«

»Absolut nicht. Und keine Sorge. Natürlich helfe ich dir. Eigentlich...« Sie tippt sich ans Kinn. »Ich habe da eine Idee. Könnte wirklich gut werden."« Mehr Tippen.

Sie macht mich nervös. »Was auch immer es ist, ich bin bereit dafür. Ich bin total flexibel.«

»Gut, denn es gibt nur einen Haken. Es ist keine bezahlte Stelle.«

———

HEUTE ABEND TRAGE ich ein mörderisches Achtzigerjahre-Kostüm, komplett mit Beinwärmern und einem schulterfreien, paillettenbesetzten Top. Ein kurzer schwarzer Stretch-Minirock vervollständigt das Outfit. Da es ein Themenabend ist, komme ich glücklicherweise mit meinen Plateau-Sneakers davon. Eine meiner Erledigungen heute Morgen war ein Gang zum Arzt. Wie sich herausgestellt hat, habe ich mir den Zeh heute Morgen nicht gebrochen – es hat sich nur so angefühlt.

Das wird es mich lehren, einen Pseudo-One-Night-Stand zu haben und mich dann in den frühen Morgenstunden davonzuschleichen.

Mein Zeh fühlt sich scheiße an, und wenn heute nicht diese Achtzigerjahre-Party wäre, müsste ich mich krankmelden. Auf keinen Fall könnte ich mit Absätzen arbeiten. Aber Plateau-Sneakers sind okay.

Ich nehme den letzten Haken an meinem Bustier in Angriff, denn selbst im Achtzigerjahre-Kostüm lässt das Blue uns immer noch viel Dekolleté zeigen. Ich atme tief ein und schließe ihn, damit er das hochhält, was mir der liebe Gott gegeben hat. Ich bin nicht das am besten ausgestattete Mädchen, aber in einer Blue-Uniform habe selbst ich einen beeindruckenden Vorbau.

Die Outfits der Cocktailkellnerinnen sind hübsch und machen Spaß, aber ich hätte kein Problem damit, sie gegen stilvolle Business-Kleidung einzutauschen. Ich werde nicht lügen. Als ich vor meiner Schicht einen Abstecher in Miras Büro gemacht habe, hatte ich eine bezahlte Stelle im Sinn. Aber das Praktikum, von dem sie mir erzählt hat, klingt perfekt. So perfekt, dass ich vorübergehend darüber hinwegsehen könnte, dass ich dabei nichts verdienen würde. Ich würde in der Marketingabteilung arbeiten und dem Manager assistieren.

Ein paar Stunden lang dieses Praktikum zu machen, bevor meine Kellnerschicht beginnt, würde mir viel aufbürden, aber wenn alles gut läuft, könnte es zu einer soliden bezahlten Stelle führen. Und im Gegensatz zu den meisten Unternehmen, die Einstiegsjobs im Marketing anbieten, zahlt das Casino tatsächlich gut, weshalb sie über Praktika rekrutieren.

Es ist an der Zeit, mich um meine Karriere zu kümmern, sonst könnte ich noch als vierzigjährige Kellnerin mit schwarz gefärbten Haaren und Hühneraugen an den Füßen im Blue-Casino enden. Kellnern ist einfach – die Leute sind nett und das Geld ist gut. Und es ist so gar nicht wie die aufregende Marketingkarriere, die ich mir nach meinem College-Abschluss vorgestellt hatte.

So viele Kellnerinnen in Lake Tahoe haben ihren Beruf zur Karriere gemacht. Sie leben im Paradies bei guter Bezahlung und es ist gar nicht so schlecht. Aber das bin nicht ich. Ich bin mir nicht sicher, wie es passiert ist. Wie ich im letzten Jahr hier hängengeblieben bin. Und nachdem ich vielleicht den größten Fehler von allen gemacht habe, indem ich mit einem meiner besten Freunde schlief – der zufällig der Typ ist, in den ich bis über beide Ohren verliebt bin – brauche ich eine Veränderung. Ich muss weiterziehen. Mein Liebesleben mag in Aufruhr sein, aber in Sachen Karriere kann ich Farbe bekennen.

Auf dem Weg zum Blue-Club gehe ich durch das Casino, und mehrere Gäste drehen sich gaffend nach mir um. Hoffentlich ist das ein Zeichen für solide Trinkgelder in meiner nahen Zukunft. Dieses Achtzigerjahre-Outfit wird meine Rechnungen bezahlen. Und bei der Arbeit beschäftigt zu sein ist eine gute Sache, denn ich bin ungeheuer nervös, Zach zu sehen.

Ich gehe an dem Türsteher vorbei, der vor der Samtkordel steht, und betrete den Club. Es steht noch niemand an, aber es ist auch noch früh. Die Leute werden erst in einer Stunde hereinströmen.

Drinnen ist das Licht gedämpft und es ist schwer, etwas zu sehen. Ich nehme einen Kaugummi aus meinem Geldbeutel, stopfe ihn mir in den Mund und kaue fieberhaft darauf herum. Sobald es voller wird, muss ich den Kaugummi ausspucken und mich professionell verhalten. Bis dahin baue ich meine Angst über meinen Kiefer ab.

Meine Augen gewöhnen sich an die Dunkelheit und ich sehe ihn. Zach starrt mich an. Er muss mich reinkommen gesehen haben.

Ich schließe meine Augen, atme tief ein und mache mich auf den Weg zu ihm.

»Hey, meine Schöne.« Er grinst, und mein ganzer

Körper beginnt zu zittern. Sein Lächeln, diese vollen Lippen. Etwas weniger Anziehungskraft würde mir jetzt schon helfen. Am liebsten möchte ich mich auf ihn stürzen. *Herrgott!*

Das hier ist schlimmer als bevor wir miteinander geschlafen haben. *Ich schaffe es nicht.*

Oh Gott, ich muss es aber tun. Wir arbeiten den ganzen Abend im selben Raum. *Reiß dich zusammen, Nessa.*

Zach geht um den Blackjack-Tisch herum, den man speziell für die Party aufgestellt hat, und stellt sich neben mich. Er trägt einen weißen Blazer mit einem blauen Shirt darunter, sein Haar steht stachelig ab, um den maximalen *Miami Vice*-Effekt zu erzielen. Aber was ich sehe sind: starke Unterarme dort, wo er die Ärmel hochgekrempelt hat, Schultermuskeln, die sich unter dem Stoff anspannen und dunkle Augen, die mich anstrahlen.

Sein Lächeln lässt mich innerlich schmelzen. Er könnte gar nichts anhaben und mein Herz trotzdem zum Rasen bringen. Eigentlich ist das ein schlechtes Beispiel, denn Zach ohne Klamotten ist sogar noch erregender. Der Punkt ist: Es liegt einfach an ihm. Ich habe mich schon immer auf unerklärliche Weise zu ihm hingezogen gefühlt. Und jetzt, wo ich weiß, was dieser Mund und diese Hände tun können, und wie sich sein Körper auf meinem anfühlt – bin ich ein Wrack.

Kauen, kauen, kauen.

Zach runzelt die Stirn. Er hebt seine Hand. »Spuck ihn aus.«

Mein Kiefer erstarrt und ich glotze ihn an, als sei er verrückt. »Meinen Kaugummi? In deine Hand?«

»Tu es, Nessa. Ich scherze nicht.«

Ich beuge mich vor, spucke den Kaugummi aus und verziehe genervt den Mund. Er täte gut daran, mich nicht wieder wie ein Kind zu behandeln.

Er knüllt den Kaugummi in einer Serviette von meinem Tablett zusammen und wirft ihn in hohem Bogen in den Mülleimer, der einen Meter hinter der Theke steht. »Also, was zum Teufel ist los?«

Als ich nicht antworte – und wie soll ich darauf antworten, wenn ich es nicht weiß? –packt er meinen Arm und zieht mich zur Seite. »Warum bist du heute Morgen gegangen?« Seine Stimme ist leise, leicht heiser, und sie stellt komische Sachen mit meinem Bauch an.

»Ich wollte nicht, dass es unangenehm wird.«

»Warum sollte etwas unangenehm sein?«

»Vielleicht, weil wir miteinander geschlafen haben?« flüstere ich laut.

Zuerst grinst er, dann runzelt er die Stirn. »Genau. Es war fantastisch, also warum sollte etwas seltsam sein?«

Muss ich ihm das wirklich buchstabieren? »Weil wir Freunde sind. Und du hast keine Freundinnen, nur Mädchen, mit denen du schläfst. Diese One-Night-Stands, die du so magst.«

Er sieht mich scharf an. »Mit anderen Mädchen. Nicht mit dir.«

Ich erwidere seinen Blick und versuche, seinen Gesichtsausdruck zu lesen. Mein Herz möchte glauben, dass er etwas Tiefgründigeres sagt, aber die Logik sagt nein. »Du meinst also, du willst eine Wiederholung?«

Sein Kiefer verkrampft sich. »Ich meine, es gibt keine Wiederholung, es gibt nur uns. Ich dachte, du hättest gestern Abend verstanden, dass wir gemeinsam in dieser Sache stecken, sobald wir den nächsten Schritt tun. Ich habe versucht, dir das zu ersparen, indem ich all die Monate Abstand gehalten habe, aber du hast es mir unmöglich gemacht.«

Ungläubig wende ich meinen Blick ab. Warum sollte er mir irgendetwas ersparen? Ich habe ihn gewollt. Er weiß das. Und überhaupt... »Also ist es meine Schuld, dass der gestrige Abend so gelaufen ist?«

Ich habe mich ihm vielleicht an den Hals geworfen, aber wenn ich die ganze Schuld auf mich nehmen soll, kann er das vergessen.

Er hebt eine Augenbraue, als wäre er verwirrt. »Nun, es ist nicht deine Schuld, aber weißt du – ich habe dir gesagt, dass ich schwach bin, was dich betrifft.« Als er meinen Gesichtsausdruck sieht, fügt er hinzu: »Ich will mehr von dir. Ich habe heute versucht, dich zu finden, um darüber zu reden.« Er blickt über seine Schulter, als ein Hilfskellner eine Plastikwanne mit Gläsern auf den Tresen knallt. Er senkt seine Stimme. »Ich habe dich vermisst, als du heute Morgen nicht da warst. Ich war bei dir, aber du warst auch nicht zu Hause, und du hast mich nicht zurückgerufen. Warum hast du nicht auf meine Anrufe reagiert?" Verzweiflung mischt sich in seine Stimme.

Sagt er wirklich, was ich glaube, das er sagt? Dass es ihm mit einer Beziehung ernst ist? Ich meine, das ist es, was ich will, aber ich muss hier klug vorgehen. Keine voreiligen Schlüsse in Bezug auf Zach, denn wenn ich falsch liege, bricht es mir das Herz. »Bei uns ist es anders.«

»Ganz genau.«

»Ich wollte nicht, dass du dich in die Enge getrieben fühlst. Ich habe mir Sorgen gemacht, dass du – äh, mich geküsst hast und all die anderen Sachen – weil du Schuldgefühle hast.«

Zach blinzelt mehrmals und starrt mir ins Gesicht, als wäre ich eine Art Rätsel, das er nicht lösen kann. »Du machst Witze, oder?«

»Nein!« Ich senke meine Stimme. »Nein – du hast ziemlich deutlich gesagt, dass du dich nicht mit mir einlassen willst. Ich habe mich ausgezogen. Ich dachte, du hättest das, was wir… getan haben vielleicht aus Mitleid getan.«

Sein Mund zuckt, als würde er ein Lächeln unterdrücken.

»Das ist nicht lustig, Zach.«

»Nein, ist es nicht.« Er beugt sich nach vorne und küsst mich flüchtig auf die Lippen. »Es ist süß.«

Ich knurre. »Du weißt, ich mag diese Spitznamen nicht. Ich bin nicht süß, nur weil ich klein bin. Und ich bin nicht deine kleine Schwester.«

Er zuckt zusammen und schüttelt den Kopf. »Nein, Mann.« Er lehnt sich näher zu mir und berührt mit den Fingerspitzen meinen unteren Rücken. »Du bist sexy und wunderschön, und ich wünschte, wir müssten nicht arbeiten, damit wir wieder in mein Bett zurückkehren könnten. Oder in dein Bett. Beides okay.«

Ein Schauer läuft mir über den Rücken, seine Worte treiben meinen Puls nach oben. Vielleicht atme ich auch schwer. »Bist du sicher, dass du das willst? Sagst du das nicht nur, weil ich dir leidtue?«

Seine Augen weiten sich. »Nessa, willst du wirklich, dass ich dir zeige, was ich empfinde? Hier?«

»Nein.« Ich schüttle ruckartig den Kopf. In Anbetracht des Blicks, den er mir zuwirfst –genau derselbe Blick, den er gestern Abend im Whirlpool hatte, bevor er mich wegtrug – müssen wir dieses Gespräch in eine andere Richtung lenken.

Aber ich lächle. Ich kann nicht anders. Ich bin so glücklich, dass ich mich geirrt habe – oder dass mein Instinkt richtig war. Wie auch immer. Ich bin froh, dass das, was wir haben, nicht ist wie seine vergangenen Affären. Es ist überhaupt keine Affäre.

Zach grinst und küsst mich auf die Wange, seine

Lippen verweilen einen Moment lang. »Später. Nach der Arbeit?«

»Ja.«

Und so verläuft der Rest des Abends. Heiße, sexy Blicke von Zach, mein Herz rast, mein Verstand ist abgelenkt, während ich den Jungs mit den Flock of Seagulls-Frisuren Cosmos serviere und den Mädchen mit Stirnbändern und Madonna-Leberflecken Sierra Nevada-Pints. Ich habe jetzt schon zweimal die falschen Getränke serviert, mein Trinkgeld ist damit zerronnen, und es ist mir völlig egal.

Am Ende unserer Schicht kommt Zach herüber, während ich mit dem Barkeeper abrechne. »Kann ich ein wenig später zu dir kommen?«, fragt er. »Ich würde gern zuerst nach Hause gehen und duschen, aber danach? Wäre das in Ordnung? Nicht zu spät?«

Es ist Mitternacht, aber wen stört das schon? »Nein, nicht zu spät.«

»Dann beeile ich mich. Wir können im Last Stop einen Happen essen.«

Ich sehe ihm nach, als er davongeht. Im Club wird noch gefeiert, weil der Laden erst in ein paar Stunden schließt. Hier drin ist es dunkel und schäbig wie immer, aber mein Grinsen strahlt hell. Mehrere Leute starren mich an wie eine Verrückte, als ich einige Minuten später zum Ausgang gehe.

Und ich bin auch verrückt. Ich bin verrückt vor Liebe.

Kapitel Sechs

Inspiriert von der »Bitchin' Eighties«-Party schnappe ich mir ein funkelndes schulterfreies Oberteil und kombiniere es mit umgeschlagenen Boyfriend-Jeans und meinen Plateau-Sneakers. Pumps würden besser aussehen, aber mein kleiner Zeh schmerzt immer noch wie verrückt.

Mein Herz rast; ich bin zittrig und nicht ich selbst. Ich bin so nervös wegen meiner Verabredung mit Zach, was einfach verrückt ist, weil ich diesen Typen schließlich kenne. Wir sind seit über einem Jahr gute Freunde, aber heute Abend – er kommt mich abholen, was er schon tausendmal getan hat – ist es anders. Es bedeutet etwas – zumindest mir – und ich bete, dass es auch Zach etwas bedeutet.

Ich lege Lippenstift auf und es klopft an der Tür. Ein letzter Blick in den Spiegel, während ich mein Haar aufschüttle, das Gesicht verziehe, einen losen Faden von meinem Oberteil zupfe, dann die Augen schließe und mich umdrehe. Es hat keinen Sinn zu versuchen, perfekt zu sein. Entweder mag er mich genug oder nicht, und mich herauszuputzen, wird daran nichts ändern.

Ich fummle am Schloss herum und öffne die Tür.

»Hey«, sagt Zach, seine Augen gleiten über meinen Körper. »Du siehst wunderschön aus.«

Ich lasse den Atemzug heraus, den ich angehalten habe, bis ich merke, wie steif seine Schultern sind. Er scheint auch nervös zu sein, und ich kann nicht anders, als wieder die Nerven zu verlieren. Wie können wir eine normale Beziehung führen? Sind wir verrückt, wenn wir glauben, dass das funktionieren könnte?

»Bist du bereit?«, fragt er.

»Ja, lass mich meine Handtasche holen.«

Zach geht hinter mir, als wir die Wohnung verlassen. Ich greife um ihn herum, um abzusperren und spüre, wie er jede meiner Bewegungen beobachtet. Unbeholfen fummle ich mit meinem Schlüsselbund herum, wo ich doch normalerweise so ruhig und geordnet bin.

Zach fährt zum Last Stop, einem Bar-Restaurant, in das nach Feierabend alle zum Essen gehen. Unser Gespräch auf dem Weg dorthin ist wegen der Anspannung in der Luft so gut wie nicht existent.

Als wir bestellt haben, landet Zachs Blick auf meinen Händen. Er greift herüber, berührt die dünnen goldenen Armreifen an meinem Handgelenk, dann legt er meine Finger in seine.

Es ist eine einfache Geste. Etwas, das man bei einem Date so tut. Aber Zach und ich sind nicht nur zwei Menschen, die ihr erstes Date haben. Irgendwie fühlt es sich ganz natürlich an, dass er meine Hand hält – dieser Junge, der mich nie berührt hat, außer, um mich zu ärgern. Wie er meine Hand drückt, ist nicht neckisch, es ist wie ein Liebesspiel, das Wärme in meine Brust und mein Gesicht steigen lässt.

»Erzähl mir von deiner Familie. Von deinen Eltern«,

sagt er und studiert immer noch meine Finger, die in seinen irgendwie kindlich wirken.

Ähm, okay. Er hat noch nie nach meiner Familie gefragt. »Du weißt ja, dass mein Vater auf den Philippinen geboren und aufgewachsen ist. Meine Mutter stammt ursprünglich aus Cornwall.«

»Wie haben sie sich kennengelernt? Wie sind sie sich begegnet? Ich weiß nicht einmal, ob du Geschwister hast.«

Er sagt das nicht anschuldigend, aber ein Teil von mir ist gekränkt. »Du hast nie gefragt.«

Unsere Blicke treffen sich. »Ich weiß.«

Ist das Absicht gewesen? Ich starre auf seine stumpfen Fingernägel, auf die breite Fläche seiner männlichen Hand. Absicht oder nicht, jetzt fragt er ja.

»Mein Vater kam über ein Stipendium in die USA, um an der Cal Poly Ingenieurwesen zu studieren. Er belegte Sommerkurse, als meine Mutter mit einer Freundin in ein Café ging, in dem er gerade lernte. Meine Mutter war im Urlaub in den Staaten und mit ihrer Freundin auf dem Weg nach Santa Barbara.« Ich lächle. »Es könnte absoluter Müll sein, aber er sagte, er wusste vom ersten Moment an, dass er sie heiraten würde.«

Zach schweigt einen Moment lang, scheinbar tief in Gedanken versunken. »Das war's also? Er hat sie gesehen und sie haben geheiratet?«

Ich lache. »Absolut nicht. Meine Mutter dachte, er sei verrückt. Er wollte sie auf einen Kaffee einladen, aber sie ließ ihn abblitzen. In dem verzweifelten Versuch, sie wiederzusehen, lud er sie und ihre Freundin an diesem Abend zu einer Party ein. Tatsächlich rief er erst danach seine Freunde an und sagte ihnen, sie sollten eine Party schmeißen, weil er ein schönes Mädchen beeindrucken müsse. Meine Mutter ging schließlich hin.«

»Und dein Vater hat sie rumgekriegt?«

»Nö.«

»Verdammt. Er fängt an, mir leid zu tun.«

»Nicht alle Jungs haben es so leicht.«

Er runzelt die Stirn. »Es ist nie leicht gewesen, Nessa.«

Ich ignoriere die Andeutung in seinem Tonfall, weil ich sie nicht verstehe. Zach ist schon mit so vielen Frauen ausgegangen, dass ich gar nicht anfangen will, sie alle zu zählen. Ich verstehe nicht, warum er sich bei mir so lange zurückgehalten hat. Oder warum er plötzlich offen für mehr ist. Aber ich werde es nicht infrage stellen, denn mit ihm zusammen zu sein, ist das, was ich mir mehr wünsche als alles andere. Ich will es nicht ruinieren.

»Auf der Party passierte nichts Aufregendes, aber meine Mutter erklärte sich bereit, meinem Vater die Anschrift ihrer Arbeit in London zu geben. Er schrieb ihr, rief sie an, arbeitete sich quasi in ihr Leben hinein. Schließlich besuchte er sie. Angeblich ließ sie sich bei diesem Besuch von ihm küssen.« Ich schüttle mich. Es ist so uncool, sich vorzustellen, wie die eigenen Eltern miteinander schlafen.

»Und?«

Ich verdrehe die Augen. »Anscheinend gefiel es ihr. Als meine Mutter für einen weiteren Besuch in die Staaten zurückkehrte, hatte mein Vater einen Ring gekauft und bat sie, ihn zu heiraten.«

Unsere Kellnerin stellt das Essen vor uns ab, und Zach beißt in die Pommes Frites, die zu seinem Steak-Sandwich gehören. »Das ist irgendwie romantisch und so.«

Ich senke den Blick und konzentriere mich auf meinen eigenen Teller. »Ich weiß.«

Die Geschichte, wie sich meine Eltern kennen gelernt haben, ist schwer zu übertreffen.

Weder meine Schwestern noch ich haben in der Beziehungsabteilung viel Glück gehabt. Im Moment sind wir alle single, sogar meine ältere Schwester, die sich dem Vierteljahrhundert nähert.

Sie ist in der Tat die alleinstehendste von uns allen. Ich kann mir nicht vorstellen, dass sie sich locker genug machen kann, einen Mann in ihr Leben zu lassen. Ich kann mich nicht einmal daran erinnern, wann sie das letzte Mal ein Date hatte.

»Wie sind deine Eltern in der Bay Area gelandet?«

»Meine Mutter hasste ihren Job in London, also zog sie nach ihrer Heirat, und während mein Vater seinen Abschluss machte, nach Kalifornien. Nach seinem Abschluss wurde er von einer Raumfahrtfirma auf der Halbinsel angeworben. Der Rest ist Geschichte.«

Zach zog die Augenbrauen zusammen. »Dein Vater ist also ziemlich clever – das Stipendium, der Job in der Raumfahrt?«

»Ja, aber er ist auch bodenständig. So hat er meine Mom und ihre Familie beeindruckt. Außerdem sieht er gut aus. Ich bin die Einzige in meiner Familie, die vertikal beeinträchtigt ist.«

»Hast du Brüder oder Schwestern?«

Ich vergesse, wie sehr sich unsere vergangenen Gespräche von persönlichen Themen ferngehalten haben. Es fühlt sich seltsam an, dass Zach nicht von meinen Schwestern weiß, wenn man bedenkt, wie viel Zeit ich mit ihm verbracht habe. Aber das könnte genauso meine Schuld sein wie seine. Er hat nie gefragt, und ich habe es nie zur Sprache gebracht. Wir reden über unsere gemeinsamen Freunde, über die Dinge, die wir vorhaben, über die Arbeit, aber niemals über unsere Familien. Und nie über die Menschen, mit denen wir ausgehen – oder nicht ausgehen, in meinem Fall.

Der einzige Grund, warum ich weiß, dass Zachs Mutter eine Tragödie erlitten hat, ist, dass ich mitgehört habe, wie er mit seinen Freunden darüber gesprochen hat. Ich weiß auch, dass er ein Einzelkind ist. Und jetzt hat er mir von der Glücksspielkarriere seines Vaters erzählt. Aber er hat bis jetzt so gut wie nichts über meine Familie gewusst.

»Ich habe zwei Schwestern. Und bevor du fragst, ja, sie treiben mich in den Wahnsinn«, sage ich. Er grinst. »Meine ältere Schwester ist auf den Philippinen, um Familie zu besuchen. Sie ist seit ein paar Monaten dort und wird erst in zwei Monaten zurückkehren. Wir sind uns wahrscheinlich am wenigsten ähnlich. Sie ist unglaublich pedantisch, und unsere Persönlichkeiten prallen aufeinander. Sie billigt nichts, was ich tue, und ich denke, sie muss sich dringend den Stock aus ihrem Arsch ziehen.

Zach lacht. »Mann, es ist gut, ein Einzelkind zu sein. Aber in Wirklichkeit klingt es irgendwie cool, eine Schwester zu haben, mit der man aneinandergerät.«

Ich werfe ihm einen ungläubigen Blick zu, der ihn nur noch mehr zum Lachen bringt. Kopfschüttelnd fahre ich fort: »Meine jüngere Schwester und ich stehen uns nahe. Sie lebt an der Ostküste und besucht das College. Ich versuche, sie davon zu überzeugen, für den Sommer nach Tahoe zu ziehen, wenn sie in ein paar Wochen ihren Abschluss gemacht hat.«

Sein Gesichtsausdruck ist ernst, als er sagt: »Das ist ziemlich cool, dass du Schwestern hast. Das wusste ich gar nicht.«

»Du hast nie gefragt oder interessiert gewirkt.«

Zach schluckt und sieht weg. »Ich habe mir immer etwas aus dir gemacht. Ich habe nur versucht, die Dinge neutral zu halten.«

»Warum?«

Er stützt seinen Ellbogen auf den Tisch und spielt abwesend mit den Salz- und Pfefferstreuern. »Du bist schön, liebenswert – sieh dir die Familie an, aus der du kommst. Meine Familie ist... na ja, du weißt schon.«

»Ich weiß ein wenig darüber. Aber Zach, deine Familie ist mir egal. *Du* bist mir nicht egal. Ich mag *dich*.«

Er schenkt mir ein schnelles Lächeln. »Süße – und quäle mich nicht wegen des Spitznamens – so sehe ich dich eben. Ein süßes, schönes Mädchen. Nur, dass es mir auch Spaß macht, mir dich ohne Kleider vorzustellen.« Ein unartiges Grinsen umspielt seine vollen Lippen.

Süße ist gar nicht so schlimm, wenn er es in diesen Kontext stellt. »Damit kann ich leben.«

Wir beginnen zu essen, und ich weiß aus Erfahrung, dass Zach nicht sprechen kann, während er sein Essen verschlingt. Also warte ich, bis er sein Tempo verlangsamt hat und dann stelle ich sie ihm – die Frage, die ich ihm schon immer stellen wollte.

»Was ist mit deiner Mutter passiert, Zach?«

Seine Augen huschen zur Seite. Er nippt an seinem Wasser und wischt sich den Mund ab.

»Meine Mom ist vor einigen Jahren gestürzt und hat sich den Kopf gestoßen. Sie hat sich nie wieder davon erholt.« Er blickt auf, sucht mein Gesicht nach einer Reaktion ab, aber ich beobachte ihn nur und warte auf mehr. »Sie war mit meinem Vater und einigen Freunden unterwegs. Ich war in der elften Klasse an der High School. Sie hatte getrunken. Ich würde meine Mutter nicht als Alkoholikerin bezeichnen, denn sie merkte irgendwann, dass sie zu viel trank, und ging es dann langsamer an. Aber in der Nacht des Unfalls trank sie zu viel. Sie war mit meinem Vater auf einer Party bei einem der reichen Tahoe Society-Bigwigs und seiner Frau. Dort gab es eine große Steintreppe.« Er verstummt, holt tief Luft und wirft seine Serviette auf den Tisch, als ob ihm der Appetit vergangen wäre.

»Du musst nicht darüber reden, wenn es zu schmerzhaft ist.«

»Nein, es ist okay. Es war nur – es war so sinnlos, weißt du? In einer Minute ist sie Ehefrau und Mutter, arbeitet als Verwaltungsangestellte bei einem örtlichen Zahnarzt und kümmert sich um mich und meinen Vater. Und in der nächsten...«

Ich greife über den Tisch, lege meine Finger in seine und blicke auf unsere Hände.

»Sie fiel die Treppe hinunter, schlug sich den Kopf an und das war's. Licht aus. Sie ist nicht gestorben, aber es war einfach alles weg. Meine Mutter ist seitdem in einer Langzeitpflegeeinrichtung. Ich besuche sie etwa einmal im Monat und mein Vater auch, aber das hat nicht viel Sinn. Sie ist nicht an einem Beatmungsgerät oder so, sie ist einfach« – er schüttelt den Kopf – »nicht mehr da.«

»Was bedeutet das?«

»Ihr Gehirn schwoll nach dem Sturz an. Sie lag eine Zeitlang im Koma. Als sie aufwachte, war sie fast völlig ohne Reaktion. Sie war jahrelang in der Reha, aber ihr Zustand verbesserte sich kaum. Die Ärzte sagen, ihr Gehirn sei dauerhaft geschädigt. Sie blinzelt und tut all die anderen automatischen Dinge wie Schlucken, aber sie muss gefüttert werden, denn obwohl sie die Hände heben kann, hat sie nicht die motorischen Fähigkeiten, eine Gabel zu halten. Sie kann keine Gesichter erkennen. Sie weiß nicht, dass ich da bin.«

Der Drang, über den Tisch zu greifen und ihn zu umarmen, überwältigt mich, aber ich halte mich zurück. Dies ist unser erstes Date, und ich will nicht zu weit gehen, was angesichts dessen, was wir gestern Abend getan haben, lächerlich ist, aber so ist es nun einmal.

Zach hat über Nacht seine Mutter verloren. Er kann sie vielleicht sehen, sie berühren, aber für ihn ist sie weg.

Meine Mutter ist der Fels in der Brandung in unserer Familie. Ich kann mir nicht vorstellen, sie so jung zu verlieren oder meine Schwestern nicht zum Anlehnen zu haben, so nervig sie auch sein mögen. »Es tut mir leid, Zach. Ich hätte nicht fragen sollen.«

»Nein.« Er blickt auf. »Ich möchte, dass du es weißt. Ich vermisse meine Mom, aber der Unfall ist schon lange her. Ich gehöre zu den Glücklichen. Ich hatte einen guten Elternteil. Ich bin dankbar, sie so lange gehabt zu haben.«

Ich verstehe nicht, wie er sich als glücklich bezeichnen kann. Es klingt tragisch. Aber ich glaube, was er sagen will ist, dass es schlimmer sein könnte. Miras drogenabhängige Mutter kommt mir in den Sinn. Das ist etwas, das einen Menschen ruinieren kann, aber Mira ist hart im Nehmen. Sie ist durch die Erfahrungen, die sie gemacht hat, gewachsen. Auch Zach ist hart im Nehmen. Er gibt sich nur nicht genug Anerkennung.

»Nun, ich finde, deine Mutter hat einen guten Sohn großgezogen.«

Er sieht mir starr in die Augen. »Ich bin nicht gut, Nessa.«

»Warum sagst du das?«

»Weil es wahr ist. Die Frau, mit der du mich gesehen hast? Die, nach der du gefragt hast?«

Er lässt meine Hand los und reibt die Finger über seinen Mund. »Du hattest recht. Es war eine verkorkste Sache, und sie hat zu lange angedauert. Ich treffe mich nicht mehr mit ihr, aber das, was ich getan habe – an einer Beziehung festzuhalten, von der ich gewusst habe, dass sie falsch war – war beschissen.«

Mein Magen zieht sich zusammen. Es ist, wie ich vermutet habe, als ich sie zusammen sah… aber, dass sich meine Befürchtungen bestätigen? Zach war mit vielen Frauen zusammen, aber diese Dame war vielleicht die beständigste in seinem Erwachsenenleben. Wie wird ihn das auf seinem weiteren Lebensweg beeinflussen?

»Ist es wirklich vorbei?«

»Ja. Und das hat nichts mit dir zu tun. Na ja, vielleicht ein bisschen, aber es ist etwas, das ich schon lange beenden wollte. Ich wollte kein, aber jetzt ist mir das scheißegal.«

»Triffst du – sonst noch irgendwen?«

»Nein.«

»Also gibt es nur mich?«

»Auf jeden Fall.« Er kratzt sich am Kiefer. »Du gehst doch nicht mit diesem Sal aus, oder?«

Ich schüttle den Kopf. »Gut, das ist gut.«

»Ist es das? Ist es wirklich das, was du willst, Zach?«

Er kichert. »Ich verdiene dich nicht, aber ja, es ist das, was ich will.« Er lehnt sich über den Tisch und küsst mich sanft auf die Lippen. Nicht nur, dass es mir einen Schauer über den Rücken jagt, ich fühle mich auch wie das glücklichste Mädchen der Welt.

Die Kellnerin reicht Zach die Rechnung und er zahlt, wobei er mich nicht einmal das Trinkgeld beisteuern lässt. Wir fahren zu mir nach Hause und er bringt mich zur Tür.

»Willst du noch reinkommen?«, frage ich. Es ist unfassbar spät, aber ich will mich noch nicht verabschieden.

Er fährt mit dem Daumen an meinem Kiefer entlang, dann wandern seine Finger zu dem Knutschfleck, den er an meinem Hals hinterlassen hat. Seine Augen funkeln einen Moment lang, aber dann wird sein Gesichtsausdruck nüchtern. »Ich sollte los.«

»Bist du dir sicher?« Ich lächle, und wenn darin der Hauch einer Andeutung steckt, kann ich wohl nichts dagegen tun. Ich denke an letzte Nacht und daran, wie sehr ich ihn will. Er ist mir so nahe, aber aus irgendeinem Grund scheint er immer noch so unerreichbar.

»Ja.« Sein Blick ist intensiv, als er auf meine Lippen starrt. Er greift nach meiner Hand und zieht mich an seine Brust. »Aber morgen – kannst du früher Schluss machen? Ich will dich richtig ausführen.«

Mein Herz klopft so stark, dass ich mich frage, ob er es durch sein Hemd fühlen kann, was peinlich wäre. »War das denn keine richtige Verabredung?«

Er küsst neckend meinen Mundwinkel. »Hmm, doch, aber ich will eine offizielle. Eine Verabredung, um die ich dich im Vorhinein bitte. Du verdienst das Beste, Nessa, und ich möchte es dir geben.«

Ich lehne mich zurück, sehe ihm in die Augen und versuche abzuschätzen, was in seinem Männerkopf vorgeht. »Ich bin nicht perfekt, Zach. Das solltest du mittlerweile wissen. Ich kann nicht gut kochen, ich kaue Kaugummi wie ein Baseballspieler und ich bin klein – aber ich *bin* konzentrierte Großartigkeit.«

Er lächelt. »Für mich bist du perfekt.«

Kapitel Sieben

Zach

Nessa gestern Abend auf ihrer Türschwelle stehenzulassen, hat meine Selbstbeherrschung auf die Probe gestellt. Alles in mir hat danach geschrien, sie über meine Schulter zu werfen, in ihr Schlafzimmer zu stürmen und zu wiederholen, was wir letzte Nacht getan haben. Ich habe mich nur mit Mühe zurückgehalten und es geschafft, meinen Hintern umzudrehen und zu meinem Wagen zu gehen. Allein.

Heute Nacht wird es keine Zurückhaltung mehr geben. Heute Nacht möchte ich Nessa zeigen, wie viel sie mir bedeutet und wie ernst es mir mit ihr ist.

Ich habe einen anderen Croupier überredet, die zweite Hälfte meiner Schicht zu übernehmen, damit ich früher Feierabend machen kann. Ich muss eine Doppelschicht schieben, um das wiedergutzumachen, aber das ist es wert. Nessa verdient ein gutes Restaurant, nicht eines der billigen Diners, die die ganze Nacht geöffnet haben. Ich könnte unsere Verabredung verschieben, bis wir beide einen freien Tag haben, aber das Letzte, was ich will, ist zu warten. Ich kann es nicht erklären, aber ich muss mich vergewissern, dass diese Sache zwischen uns echt ist. Das ist eine Nummer zu groß für mich und ich habe keine Ahnung, was ich tue. Aber Nessa verdient das Beste, das ich geben kann.

Das Blue ist brechend voll, eine Menschenflut schwärmt durch das Casino, und doch erkenne ich meinen Vater, als er sich einen Weg zu meinem Tisch bahnt. Er umgibt sich nicht mit einem Gefolge wie die anderen Wale, aber der Mann hat Präsenz. Und er kennt die Hälfte der Angestellten im Lokal, grüßt die Leute mit einem breiten Lächeln und einem Klaps auf den Rücken, während er durch den Raum geht.

Dad sitzt an meinem Tisch und wirft einen fünfhundert-Dollar-Chip auf den Filz. »Zach.« Er nickt zur Begrüßung.

Ich schüttle den Kopf. Ich hasse es, gegen ihn zu spielen, besonders wenn er einen halben Riesen verspielt, weil er aufs Haus geht. Das stresst mich. Ich verdiene jetzt mein eigenes Geld, aber ich kann nicht anders, als mir Sorgen um meinen Vater und sein »Glück« zu machen.

»Was ist los?«

»Ich drehe nur meine Runden.«

»Wie war Reno?«

Er zeigt ein räuberisches Lächeln. »Profitabel.«

Wenigstens hat er in Reno gewonnen.

»Ich habe Alexis auf dem Weg hierher gesehen.«

Ich erstarre für den Bruchteil einer Sekunde, bis ich mich zusammenreiße und die nächste Hand austeile. »Ach ja?«, sage ich so gleichgültig, wie ich nur kann. Ich wäre froh, Alexis nie wiederzusehen, aber das ist bei ihrer Affinität zum Glücksspiel wohl nicht möglich.

»Sie sagt, sie hat einen neuen Beschützer.«

Ich blicke auf. »Beschützer?«

Mein Vater gibt das Zeichen für eine neue Karte. Ich gebe sie aus und kümmere mich um die anderen Spieler.

»Alexis hat ihr eigenes Geld, aber sie lebt gern von« — er hüstelt, blickt zu den anderen am Tisch, die nicht aufzupassen scheinen — »den Männern, mit denen sie Zeit verbringt«.

Dank ihrer gemeinsamen Liebe zum Glücksspiel verkehren mein Vater und Alexis in denselben Kreisen. Er weiß mehr über ihr Leben als ich. Ich bin nur ihr Spielzeug gewesen.

Ich habe gewusst, dass es für Alexis andere Männer gab. Reiche, mächtige Männer, die ihr Dinge schenkten. Als sie verheiratet war und während meiner High School-Zeit mit meinen Eltern um die Häuser zog, hatte sie ganz sicher nicht das Geld, das sie jetzt hat.

»Verbringst du immer noch Zeit mit ihrem Ex-Mann?« Jim war ein guter Kerl. Mein Eindruck — jetzt, da ich älter und erfahrener bin — ist, dass Alexis ihn fertiggemacht hat.

»Ich sehe ihn ab und zu. Alexis sehe ich öfter. Jim hat nicht das Geld, um an denselben Tischen zu spielen wie Alexis. Sie ist eine eigene Nummer. War da an dem Abend…«

Das Gesicht meines Vaters wird angespannt und blass — und das bei einem Mann, der ständig gebräunt ist. »An dem Abend als was?« bohre ich nach.

Er räuspert sich. »An dem Abend, als deine Mutter gestürzt ist.«

Ich bin mir nicht sicher, wie das Liebesleben meines Vaters heutzutage aussieht. Ich will es gar nicht wissen, aber ich habe ihn noch nie mit einer anderen Frau gesehen. Er hat meine Mom geliebt, Ende der Geschichte.

Ich decke die Karten auf. Die Bank gewinnt und mein

Vater ist seinen Fünfhunderter los. Tausende Dollar in einer Nacht zu gewinnen oder zu verlieren ist für ihn Routine.

»Mom und Alexis waren beste Freundinnen. Es überrascht mich nicht, dass ihr an dem Abend, an dem es passiert ist, beisammen wart«, sage ich.

Die Augen meines Vaters überfliegen die neuen Karten, die ich aufgelegt habe. »Sie war die letzte Person, die mit deiner Mutter gesprochen hat.«

Blinzelnd registriere ich seine Worte. Ich hatte immer angenommen, dass mein Vater der Letzte war, der mit meiner Mutter gesprochen hat.

Der Pit Boss klopft mir auf die Schulter. »Alles in Ordnung?« Er sieht meinen Vater an.

»Wie geht es Ihnen, Mr. Elliott?«

Mein Vater und der Pit Boss unterhalten sich, während ich mich zusammenreiße und den Spielern, die in dieser Runde kaufen, weitere Karten austeile.

»Das habe ich nicht gewusst«, sage ich zu meinem Vater, als der Pit Boss wieder weg ist.

»Ja, nun, was geschehen ist, ist geschehen. Wir können jetzt nichts mehr daran ändern. Das sind die Karten, die uns ausgeteilt wurden.« Ich verdrehe die Augen auf sein Wortspiel. »Ich habe mich aber immer gefragt, was zwischen deiner Mutter und Alexis passiert ist. Deine Mutter war an diesem Abend sehr aufgebracht.«

»Du warst dabei. Weißt du es nicht?«

Er zuckt mit der Schulter. »Sie waren in irgendeinen Zickenkrieg verwickelt. Jim und ich haben Zigarren geraucht. Ich dachte, die Damen würden das unter sich klären. Jetzt wünschte ich… ich wünschte, ich hätte eingegriffen. Deine Mutter hat an diesem Abend viel getrunken. Sie war wütend über etwas, das Alexis gesagt hatte.«

Mir schwirren die Gedanken im Kopf herum. Ich

denke zurück an die Zeit, als Alexis und ich unsere Affäre begannen. Sobald ich fünfzehn wurde, fing sie an, mit mir zu flirten, berührte meinen Arm, wenn niemand hinsah und umarmte mich etwas zu lange, wenn sie mich begrüßte.

Das war, bevor meine Mutter stürzte und ihr Hirn aufhörte zu funktionieren.

Mein Vater stellt seine Entscheidungen niemals infrage. »Dad, warum bringst du das nach all den Jahren zur Sprache?«

Zuerst sagt er gar nichts. Er studiert nur seine Hand, während ich eine Ewigkeit darauf warte, dass er antwortet. »Mir ist aufgefallen, wie Alexis dich ansieht. Ich will nur das Beste für meinen Sohn. Seit deine Mutter gestürzt ist, geht es mir schlecht. Aber langsam komme ich wieder zu mir. Einige Dinge sind jetzt klarer. Ich will dich nur glücklich sehen, das ist alles.«

Ich habe gedacht, niemand wüsste von Alexis und mir. Wie sich herausstellt, habe ich die Beobachtungsgabe meines Vaters wieder einmal unterschätzt.

Mein Vater spielt noch ein paar Hände, dann steht er auf und streckt seinen Rücken. »In Ordnung, Zach, ich bin raus. Kein erfolgreicher Abend für mich. Wir sehen uns in ein paar Wochen?«

»Klar. Hast du vor, wieder vorbeizukommen?«

»Ich habe da was in Arizona. Danach komme ich wieder.«

»Arizona?«

»Dein alter Herr hat auch Freundinnen, weißt du.« Er nimmt die Schultern zurück, sein Gesichtsausdruck ist etwas verlegen.

Nein, das habe ich nicht gewusst. Das ist eine neue Entwicklung.

»Wie geht's *deiner* Freundin?«, fragt er. »Die, die dich neulich am Morgen verlassen hat?«

Natürlich muss er erwähnen, dass Nessa abgehauen ist. Mein Vater hat zwar einen unkonventionellen Job, aber in mancherlei Hinsicht ist er traditionell. Meine Abneigung dagegen, mich – jemals – an ein Mädchen zu binden, ist schon immer ein Streitpunkt gewesen. Jetzt reibt er mir unter die Nase, dass eine von ihnen schließlich mich versetzt hat. Nicht, dass es tatsächlich so war. Dass Nessa weggelaufen ist, war ein Missverständnis. Sie dachte, ich würde unsere Beziehung wie jeden anderen One-Night-Stand behandeln, aber das ist nicht der Fall.

»Heute Abend gehe ich mit ihr aus«, sage ich ein wenig zu selbstgefällig.

»Gut.« Er klopft mir auf die Schulter. »Wir sehen uns, mein Sohn.«

Ich verfolge den Weg meines Vaters zum Ausgang und sehe zu, wie er sich von Kellnerinnen, Barkeepern und ein paar Croupiers verabschiedet. Dann warte ich, während die Stunden so langsam vergehen wie noch nie in meinem ganzen Leben. Ich kann nicht schnell genug hier wegkommen.

Ich habe Nessa vorhin eine SMS geschrieben, um sicherzugehen, dass unser Date noch steht. Sie hat geantwortet, sie hätte noch eine Sache mit Mira zu erledigen, dann wäre sie bereit. Wir treffen uns nach der Arbeit, und ich kann es kaum erwarten, sie in die Hände zu kriegen.

Ich habe mich gestern Abend zurückgehalten und versucht, ein Gentleman zu sein – wer hätte das gedacht, oder? Aber heute Abend – heute Abend halte ich mich nicht zurück. Es wird Zeit, dafür zu sorgen, dass Nessa und ich uns in dieser Sache einig sind, die zwischen uns läuft. Und wenn es nach mir geht, wird sie wissen, dass sie mir gehört und ich ihr.

Der Gedanke macht mich so verdammt stolz.

Wer hätte das gedacht? Zum ersten Mal seit langem – oder jemals, was mich betrifft – haben beide Elliott-Männer jemanden Besonderen in ihrem Leben.

Kapitel Acht

Nessa

Zach ist nach Hause gefahren, um nach der Arbeit zu duschen, und das gibt mir gerade genug Zeit, um mich mit Mira zu treffen. Während ich darum gebeten habe, früh Feierabend zu machen, arbeiten Mira und einige andere Führungskräfte länger wegen einer Party, die das Casino für ein Profi-Basketballteam veranstaltet. Mira hat mir vorgeschlagen, oben die Dame kennenzulernen, die für das Praktikum verantwortlich ist, da sie ebenfalls spät arbeitet.

Mira versucht, mir die unbezahlte Stelle zu verkaufen, was wirklich unnötig ist. Ich werde umsonst arbeiten, wenn ich dadurch einen Fuß in die Tür der Managementabteilung des Blue Casinos bekomme. Mira verdient in den Büros der Geschäftsführung gutes Geld, und sie liebt ihren Job. Ich würde augenblicklich ein unbezahltes Praktikum annehmen, solange es mit meinen Kellnerschichten ausgeht – ein Mädchen muss schließlich von irgendetwas leben.

Ich ziehe meine Uniform aus und schlüpfe in ein ärmelloses beiges Stretchkleid, das mir bis zur Hälfte der Oberschenkel reicht und zu meinem dunklen Haar passt. Ich kombiniere es mit nudefarbenen Plateaus und einer leichten Jeansjacke. Die Schuhe sind eher Plateaus als Pumps. Dem kleinen Zeh geht es besser und die Schwellung ist weg, aber ich bin noch nicht bereit, Stilettos zu wagen.

Ich frage mich, was Zach denken würde, wenn er wüsste, dass ich auf den Hintern gefallen bin, als ich am Morgen danach aus seinem Zimmer flüchten wollte. Das war extrem peinlich. Aber so, wie er mich all die Monate in die Friendzone gesteckt hatte, war ich überzeugt, dass er aufwachen und die Sache bereuen würde.

Ich war noch nie so glücklich darüber, mich getäuscht zu haben.

Hmm, wenn ich Zach die Geschichte erzähle, küsst er vielleicht meinen kleinen Zeh und macht alles wieder gut? Oder küsst mich an anderen Stellen?

Okay, es wird Zeit, mich von dem Jungen, mit dem ich ausgehe – *ausgehe!* –, abzulenken. Zumindest für die nächsten dreißig Minuten, während ich mich mit Mira und der Managerin treffe.

Mira sitzt an ihrem Schreibtisch, als ich ihr Büro betrete, ihre Pumps ausgezogen und zur Seite geschoben, während sie auf ihrer Tastatur herumhämmert.

»Klopf, klopf«, sage ich.

Ihr Gesicht leuchtet auf, und sie schiebt ihre Tastatur unter die Tischplatte. »Juhu, du hast es gerade noch rechtzeitig geschafft. Deborah will gerade gehen.«

»Bist du sicher, dass das okay ist? Ich brauche keine Sonderbehandlung. Ich bewerbe mich gerne, wie jeder andere auch.«

»Nun ja. Du musst dich auch bewerben. Das ist nur

eine kleine Vorstellung vorab.« Mira steht auf, schlüpft in ihre Schuhe und streicht ihren Rock glatt. »Deborah wird dich lieben.«

»Und du willst, dass ich der Konkurrenz einen Schritt voraus bin.«

»*Absolut.*« Sie umarmt mich mit einem opportunistischen Grinsen.

»Du bist böse, Mira.«

»Nein, nur durchsetzungsstark. Und offensiv. Das sind gute Eigenschaften, oder? Wie auch immer, Deborah ist ein Marketing-Guru und extrem zukunftsorientiert. Sie wird begeistert sein von dem Non-Profit-Marketing, das du während dem College gemacht hast. Außerdem haben nur sehr wenige Leute, die sich für Praktika bewerben, unten im Betrieb gearbeitet. Du hast also bereits einen Vorsprung«.

Wir gehen den Flur entlang, dann stellt Mira mich Deborah vor. Sie erzählt von meinen Erfahrungen im E-Marketing und genau, wie Mira gesagt hat, scheint Deborah an den Praktika interessiert zu sein, die ich im College absolviert habe. Das Casino entfernt sich vom Direktmailing und konzentriert sich mehr auf das Internet-Marketing, also scheine ich gut zu passen.

Als Mira und ich Deborahs Büro verlassen, bin ich sogar noch optimistischer, was das Praktikum angeht. Ich hatte an so eine Position gedacht, als ich meinen College-Abschluss machte − allerdings natürlich bezahlt. Nebensache. Im Marketing-Team des Blue zu arbeiten wäre die perfekte Gelegenheit, Erfahrungen bei einem nationalen Arbeitgeber zu sammeln.

»Also, das ist gut gelaufen«, sagt Mira, ihre Augen strahlen vor Aufregung. »Ich wäre überrascht, wenn du die Stelle nicht bekommen würdest. Du hast die Erfahrung, die sie suchen, außerdem arbeitest du hier. Also wissen sie, dass du zuverlässig bist.«

»Ich will mir keine zu großen Hoffnungen machen.« Das scheint etwas zu sein, was ich mir in letzter Zeit oft gesagt habe. Wenn man bedenkt, wie gut die Dinge mit Zach geklappt haben, sollte ich vielleicht selbstbewusster werden.

Mira legt ihren Arm um meine Schulter und drückt mich so fest, dass mein Nacken knackt. »Huch!«

»Entschuldige, ich bin nur so aufgeregt. Wir brauchen hier mehr Frauenpower. Dieser Laden ist überfüllt mit herrschsüchtigen Männern.«

Das Managementteam des Blue hat nicht den besten Ruf, obwohl die meisten Leute finden, dass es besser geworden ist, seit sie den Kerl gefeuert haben, der letztes Jahr den ganzen Ärger verursacht hat.

Sie blickt den Flur hinunter. »Wie viel Zeit hast du noch? Hast du noch ein paar Minuten, dir etwas anzusehen? Ich möchte dir den coolsten Ort im Casino zeigen.« Sie rümpft die Nase. »Ich bin mir nicht sicher, ob ich Leute dort hinbringen–«

»Oh mein Gott. Tu nichts, was dich in Schwierigkeiten bringen könnte.«

Sie winkt ab. »Nein, du musst dir den Überwachungsraum ansehen. Er ist gleich hier drüben, und die Jungs da drin lieben mich.«

Ich verdrehe die Augen und lächle. »Natürlich tun sie das. Ich kann ihn mir ansehen, aber nur kurz. Ich treffe mich gleich mit Zach.«

Mira drückt eine schwere Doppeltür auf und wir treten ein. Die Luft in dem Raum knistert, die Wände und Schreibtische sind mit elektronischen Geräten vollgestellt. Es riecht sogar nach Computern – erwärmtem Plastik und neuem Teppich.

»Wow.« Ich sehe mich um. »Das ist *wirklich* cool.«

Mehrere Männer und eine Frau sitzen vor Dutzenden winziger Monitore, die jeden Aspekt der Casinosäle überwachen.

»Komm schon«, sagt Mira. »Wir machen einen kurzen Rundgang.«

Sie führt mich durch den Raum, und ich sehe die Spielsäle und Teile des Casinos, die ich noch nie von diesem verborgenen, neuen Aussichtspunkt gesehen habe. Mein Blick bleibt an einem der kleinen Monitore haften, und ich sehe genauer hin.

Mira kommt zurück und blickt auf das, was meine volle Aufmerksamkeit erregt hat. »Ist das…?«

»Zach«, sage ich, während mir ein unbehagliches Prickeln über den Rücken läuft.

Was tut er auf einer der Hoteletagen? Zach hat gesagt, er würde nach der Arbeit nach Hause fahren. Er holt mich im Blue ab, aber wir sind in der Bar verabredet.

Ich will nicht weiter zusehen, aber es ist, als würde ich ein Zugunglück beobachten. Ich kann nicht wegsehen.

Zach klopft an eine Tür, und eine Frau öffnet. Dieselbe Blondine, von der er gesagt hat, dass er sie nicht mehr trifft. Die Frau grinst, wirft ihre Arme um seinen Hals und küsst ihn alles andere als freundschaftlich auf den Mund.

Mir stockt der Atem, mein Magen krampft sich zusammen.

Zach schiebt die Frau in den Raum, und die Tür fällt hinter ihnen zu.

Neiiin. Wieso sollte er…?

Mira schüttelt den Kopf. »Zach. So typisch.« Sie mustert mein Gesicht. »Hey, ist alles in Ordnung?«

Ich schlucke, aber nichts kommt heraus. Kein Ton, keine Luft.

»Nessa.«

»Können wir gehen?«, stammle ich.

Wir treten auf den Flur, und Mira hält mich mit einem sanften Griff an der Schulter zurück. »Was ist los, Ness?«

»Ich fühle mich nicht gut.«

Sie betrachtet mein Gesicht. »Gib mir eine Minute. Ich will auch gleich gehen. Ich kann dich mitnehmen. Der Sicherheitsraum ist immer so heiß mit all den Monitoren und Computern und… bist du sicher, dass du nicht umkippst?«

»Nein. Mir geht's –«

Nicht gut. Im Herzen.

Ich umklammere Mira und drücke mein Gesicht an ihre Schulter, um die Tränen zurückzuhalten, aber es hat keinen Sinn. Sie fließen trotzdem.

»Nessa? Ach du meine Güte. Komm schon, Nessa.« Sie schleppt mich in ihr Büro. Ich warte, während sie ihren Computer herunterfährt und ihre Sachen zusammenpackt.

Mira fragt mich nicht, was los ist, aber sie sieht mich alle paar Sekunden an, während sie mich nach Hause fährt, als ob sie denkt, dass ich gleich sterbe oder sowas. Ich kann es ihr nicht verübeln. Ich fühle mich auch, als würde ich sterben.

Ich habe mein Auto nicht zur Arbeit gebracht. Teresa hat mich gefahren, da ich später mit Zach ausgehen wollte…

Tränen laufen mir über die Wangen, übers Kinn. Ich bin nicht von der harten Sorte, die alles herunterschlucken kann. Mein Gesicht und mein Körper haben meine Gefühle immer verraten. Erschwerend kommt hinzu, dass ich nicht hübsch aussehe beim Weinen – mein Gesicht ist heiß und vermutlich fleckig.

Ich wische die Tränen mit dem Ärmel meiner Jeansjacke ab. Warum sollte Zach das tun? Ich verstehe es nicht. Er ist zwar mit vielen Frauen ausgegangen, sicher – aber er war nie ein Mistkerl. Er lügt niemanden an. Weder mich noch irgendeine andere Frau, von der ich weiß. Nach dem, was er und seine Freunde erzählt haben, war er immer ehrlich, was seine Absichten und seine Unfähigkeit, sich zu binden angeht. Als er mir sagte, dass er mehr will und mich heute Abend um ein Date bat, habe ich gedacht… ich habe ihm *geglaubt*. Ich habe geglaubt, dass ich ihm mehr bedeutete.

Aber er hat gelogen, als er gesagt hat, dass es zwischen ihm und dieser Frau vorbei ist.

Mira hält vor dem Häuschen an, in dem sie und Tyler wohnen. Tyler sitzt an seinem Computer, als wir reinkommen, aber er steht auf, um Mira einen liebevollen Kuss zu geben. Er sieht zu mir herüber und seine Augenbrauen ziehen sich zusammen. Er flüstert Mira etwas zu, und sie schüttelt den Kopf. Dann klettert Tyler die Leiter zu ihrem Loft hinauf und Mira drückt mir eine Jogginghose und ein Sweatshirt in die Hände.

»Zieh das an«, sagt sie.

Ich starre auf die Kleider in meinen Händen. »Ich sollte nach Hause gehen.«

»Nein. Du bleibst bei mir. Wir machen einen Mädelsabend.«

Manchmal ist es einfacher, das zu tun, was Mira sagt, als zu widersprechen, und im Moment habe ich nicht die Kraft dazu. Ich ziehe die Sachen an.

Mira zieht sich auch um und bringt eine Tüte Chips und ein paar Limonaden mit. »Das ist im Moment das einzige ungesunde Essen im Haus.« Sie zupft an meinem Ärmel, bis ich neben ihr auf der Couch sitze. »Jetzt sag mir – was ist los, Nessa? Und sag nicht, es ist nichts. Irgendwas stimmt mit dir nicht. War es der Überwachungsraum? *Zach?* Deine Stimmung ist genau in dem Moment umgeschlagen, als er die Suite dieser Frau betreten hat. Das hat dich doch nicht gestört, oder? Habt ihr zwei…«

»Nein.« Ich habe gedacht, da wäre mehr zwischen uns, aber es war dumm von mir, das zu glauben.

Zwischen Zach und mir hat sich nichts geändert. Und es gibt keinen Grund, zu erwähnen, wie dumm ich gewesen bin, etwas anderes zu denken. Ich fühle mich jetzt schon wie ein Vollidiot.

Mein Telefon summt in meiner Handtasche, die Couch vibriert. Ich greife hinüber und ziehe es aus meiner Tasche. Es ist ein verpasster Anruf von Zach.

Das Telefon vibriert wieder, aber diesmal ist es ein eingehender Anruf.

Ich stehe auf, gehe zur Hintertür und verlasse das Haus. »Hallo?«

»Ness, wo bist du? Ich dachte, du hättest mittlerweile frei. Bist du noch bei Mira?«

»Ja.«

»Okay, was meinst du, wie lange du noch brauchst? Soll ich dir schon mal einen Drink bestellen?«

»Wo warst du heute Abend, Zach?«

»Was meinst du? Ich habe gearbeitet.«

»Nach der Arbeit. Wo bist du hingegangen?« Ich klinge wie eine nörgelnde Ehefrau, die ihn ins Kreuzverhör nimmt, aber ich muss es aus seinem Mund hören.

»Ich bin nach Hause gefahren, um mich umzuziehen. Nessa, was ist los? Du klingst verärgert.«

»Was hast du getan, als du ins Casino zurückkamst?«

Schweigen – dann: »Ich habe auf dich gewartet.«

»Du hast niemanden besucht?«

»Worauf willst du hinaus?« Sein Ton ist tief und ernst.

»Ich habe dich mit ihr gesehen. Mit der Frau, von der du gesagt hast, dass du sie nicht mehr triffst.«

Er seufzt. »Wie hast du – egal. Es ist nicht so, wie du denkst.«

»Wir können nicht mehr Freunde sein, Zach.«

»*Was*? Nessa, das ist Wahnsinn. Gib mir eine Chance, mich zu erklären.«

»Hast du sie heute Abend geküsst?«

»Verdammt, so ist das nicht gewesen.«

»Hast du deinen Mund auf ihren gelegt und sie in den Raum geschoben oder nicht?«

»Ich – ja, aber so war es nicht.«

»Mach's gut, Zach.« Ich beende den Anruf und schalte mein Telefon aus, damit ich nicht in Versuchung komme, noch einmal ranzugehen.

Ich verstehe nicht, warum er mich hingehalten und so getan hat, als wollte er etwas Ernstes wollen. Habe ich den Anschein erweckt, dass es für mich in Ordnung wäre, wenn er andere Frauen trifft, während wir miteinander ausgehen? Bei einem One-Night-Stand ist alles erlaubt, aber ich habe mich vergewissert, dass es niemand anderen gibt, bevor ich zugestimmt habe, mit ihm auszugehen.

Warum habe ich gedacht, dass die Dinge zwischen uns anders sein könnten? Zach hat nie feste Freundinnen. Ich hätte wissen müssen, dass so etwas passieren würde. Aber ich habe so lange auf ihn gewartet. Ich wollte die Chance, zu beweisen, dass wir etwas Besonderes haben.

Wie sehr konnte ich mich täuschen?

Ich atme die kühle Abendluft ein und setze mich auf die Terrassentreppe. Der Hinterhof von Mira und Tyler ist nicht begrünt, besteht nur aus einer quadratischen Betonplatte. Einheimische Bäume, Erde und Kiefernnadeln stellen den Rest dar.

Ich habe diesen Garten immer gemocht. Er ist rein. Ehrlich. Im Gegensatz zu dem Kerl, den ich liebe.

Ich bin fertig damit, mich nach Zach zu sehnen. Er ist

zu nichts anderem fähig als zu billigen Begegnungen. Obwohl das, was wir miteinander hatten, sich nicht billig angefühlt hat. Es hat sich echt angefühlt.

Ich lege mein Kinn auf meine Knie und bedecke den Kopf mit meinen Armen, während mir Tränen übers Gesicht laufen. Noch nie hat zwischen meinem Kopf und meinem Herzen so ein großer Konflikt geherrscht.

Kapitel Neun

Zach

Ich habe gewusst, dass meine Beziehung mit Alexis mir eines Tages zum Verhängnis werden würde. Man kann etwas so Falsches nicht tun, ohne dass das Universum es einem zurückzahlt. Jetzt, wo es meine Chancen bei Nessa verdorben hat, wünschte ich, ich hätte mit fünfzehn nein zu Alexis gesagt, als sie anfing, mich anzumachen.

Ich stürme aus dem Casino. Es ist meine Schuld. Ich hätte nie auf diese Nachricht reagieren dürfen, die Alexis mir von jemandem überbringen ließ. Der einzige Grund, warum ich auf ihr Zimmer gegangen bin, waren die Bemerkungen meines Vaters von vorher. Ich wollte wissen, was an dem Abend geschah, der meine Mutter unwiederbringlich verändert hat.

Alexis hatte mich angelogen. Nun, nicht direkt angelogen. Etwas ausgelassen. Sie hat mir nicht ein einziges Mal gesagt, dass sie an dem Abend, an dem meine Mutter stürzte, dabei war.

Ich klopfte an die Tür ihrer Suite, um Antworten zu

erhalten, aber ehe ich mich versah, schlang sie ihre Arme um mich und drückte ihren Mund auf meine Lippen.

Mitten auf dem verdammten Flur.

Ich drängte sie in das Zimmer. »Was soll das?«

»Du bist gekommen«, sagte sie. »Ich wusste, dass du nicht lange wegbleiben könntest.«

Ich fuhr mir mit der Hand durchs Haar und seufzte frustriert. »Ich dachte, ich hätte mich klar ausgedrückt, Alexis. Ich bin nicht mehr an einer Beziehung mit dir interessiert.«

»Ach, wirklich? Warum bist du dann gekommen? Hör auf, dagegen anzukämpfen, Zach. Wir werden immer eine Rolle im Leben des anderen spielen. Du wirst immer mein Liebhaber sein.«

Wieso hatte ich nie ihre Stalker-Tendenzen bemerkt? Die Frau war am Durchdrehen.

An dieser Stelle hätte ich gehen sollen, aber ich wollte Antworten. »Was ist an dem Abend passiert, als meine Mutter gestürzt ist? Warum habt ihr euch gestritten?«

Alexis' Augen huschten zur Seite. »Wovon redest du da?«

»Mein Vater sagte, dass du und meine Mutter einen Streit hattet, und dass sie deshalb so viel getrunken hat. Hattest du etwas mit ihrem Unfall zu tun?« Ich ging auf sie zu. »Und denk nicht einmal daran, zu lügen. Das werde ich merken.«

Alexis mag ein unglücklicher Mensch sein, aber sie ist keine gute Lügnerin. Ihre Finger verraten sie immer. Sie fummelt an einem losen Faden herum, am Saum ihres Oberteils – oder an was immer gerade zur Hand ist. Deshalb spielte sie auch nie Poker. Sie konnte nicht bluffen.

Ihre Augen weiteten sich. »Nein. Ich schwöre es. Ich hatte nichts mit ihrem Sturz zu tun.«

»Warum war meine Mutter dann an dem Abend so aufgebracht?«

Sie wandte den Blick wieder ab, als sei sie nervös. »Es gefiel ihr nicht, wie nahe wir beide uns gekommen waren. Sie hat uns nicht verstanden, Zach.«

Meine Schultern fühlten sich plötzlich wie Zementblöcke an. »Also ist es meine Schuld, dass meiner Mutter etwas zustieß.«

Alexis packte meinen Arm. »Du bist nicht schuld. Niemand ist schuld. Deine Mutter ist auf der Treppe gestolpert. Sie ist gestürzt und falsch gelandet. Wir haben uns an diesem Abend gestritten, aber sie war meine Freundin. Ich wollte nie, dass ihr etwas zustößt. Ich habe sie nicht geschubst, falls du das dachtest. Ich stand am Fuß der Treppe.«

Ich schüttelte Alexis' Hand ab und ging zum Panoramafenster mit Blick auf den See, der zu den klarsten Gewässern der Welt gehört. Erstaunlich, dass ich etwas so Schönes ansehen und von solcher Hässlichkeit umgeben sein konnte. Alexis hatte meine Mutter vielleicht nicht die Treppe hinuntergestoßen, aber was sie und ich getan haben, hatte meiner Mutter Schmerzen bereitet – und das waren ihre letzten klaren Gedanken gewesen.

Ich spürte, wie Alexis sich mir von hinten näherte. »Was wir haben, ist etwas Besonderes. Deine Mutter hat es nicht verstanden.«

»Was wir hatten, war schmutzig«, sagte ich über meine Schulter und drehte mich zu ihr um. »Ich will nichts mit dir zu tun haben. So wahr mir Gott helfe, Alexis, wenn du noch einmal in meine Nähe kommst – an meinen Arbeitsplatz oder in mein Zuhause – werde ich zur Polizei gehen und sagen, dass du mich vergewaltigt hast, als ich sechzehn war.«

»Das ist lächerlich. Du wolltest es so.«

»Ach ja? Ich war ein Kind, das den Verlust seiner Mutter betrauerte. Ich war verletzlich und du hast das ausgenutzt. Der einzige Grund, warum ich bisher nicht zur Polizei gegangen bin, ist, dass ich mich teilweise verantwortlich gefühlt habe, aber ich lasse mich davon nicht mehr abhalten. Und wenn du glaubst, dass du es wieder bei einem anderen Minderjährigen versuchen kannst, überlege es dir gut. Wenn du dich mir oder meiner Freundin

*näherst, oder wenn ich auch nur ein Flüstern über dich und irgend-
einen Jugendlichen höre, werde ich Anzeige erstatten und Beweise
vorlegen. Betrachte das als Warnung.«*

»Welche Beweise?«

Ich warf ihr einen Blick zu.

*»Die E-Mails? Wenn du sie noch hast, beweist das nur, wie
sehr du das wolltest, was zwischen uns war. Und es hat nie andere
junge Männer gegeben – nicht so jung wie du«, stellte sie klar. »Du
warst etwas Besonderes. Du bist etwas Besonderes.«*

*»Du bist krank, Alexis. Hol dir Hilfe. Und vergiss meine
Warnung nicht. Du weißt, dass ich nicht spiele. Ich bluffe nicht.«*

*»Zach!«, rief Alexis, als ich zur Tür ging. Ich warf ihr einen
zornigen Blick zu, und ihr Gesichtsausdruck fiel. Sie schlang ihre
Arme um die Brust, die Lippen fest zusammengepresst. »Du wirst
zu mir zurückkommen, und ich werde auf dich warten.«*

*»Nein, Alexis, das werde ich nicht.« Ich ging, ohne noch einmal
zurückzublicken.*

Sobald ich aus dem Hotelaufzug getreten war,
versuchte ich, Nessa im Casino zu finden. Seit über einer
Stunde hatte sie niemand mehr gesehen. Ich wartete noch
ein wenig, dann rief ich sie an – und fand heraus, dass
Nessa alles über Alexis und den Kuss auf dem Flur
wusste.

Sie *wusste* es, verdammt nochmal. Woher?

Spielt keine Rolle. Ich habe gerade das Beste ruiniert,
was mir je passiert ist.

Nessa

ICH REIBE über die getrockneten Tränen auf meinem
Gesicht. Es ist schon fast eine halbe Stunde her, seit ich mit

Zach telefoniert habe, und Mira hat Gott sei Dank nicht nach mir gesucht. Sie gibt mir Freiraum.

Vielleicht hat Zach einen guten Grund gehabt, sich heute Abend mit dieser Frau zu treffen, aber was für einen Grund könnte er haben, sie zu küssen?

Ich bin es so leid, in ihn verliebt zu sein und meine Gefühle nicht erwidert zu bekommen. Er sieht mich nicht so, wie ich ihn sehe, und es ist an der Zeit, die Hoffnung, dass die Dinge anders sein könnten, an den Nagel zu hängen. Die Nacht, die wir zusammen verbracht haben, war eine der besten Nächte meines Lebens – aber ich muss sie in eine Kiste sperren und vergessen.

Mein Magen schnürt sich zusammen. Ich drücke ein letztes Mal auf die Schmerzen, dann stehe ich auf. Ich atme tief ein, stecke mir die Haare hinter mein Ohr und öffne die Hintertür zum Wohnzimmer.

Mira sitzt auf der Couch und betrachtet mich, als ich hereinkomme. »Ness…«, sagt sie, ihr Gesicht eine leise Frage.

»Ist es okay, wenn wir jetzt nicht darüber reden?«

Ich glaube nicht, dass ich jetzt die Geschichte erzählen kann, wie naiv ich gewesen bin, zu denken, dass Zach wirklich etwas für mich übrighat.

Sie nickt, und ich setze mich neben sie. Sie schaltet den Fernseher ein und wir sehen uns eine Reality-Show an. Keine Ahnung, welche. Mein Gehirn ist taub, während mein Körper zwischen Schmerz und Übelkeit hin- und herwechselt.

Es klopft an der Haustür, und Mira sieht mich an.

Ich schüttle den Kopf. »Ist nicht für mich«, sage ich und starre blind auf den Fernsehbildschirm.

Mira steht auf und öffnet die Tür. Zach ist da. Er trägt dunkle Jeans und ein geknöpftes Hemd, die Ärmel bis zu den Ellbogen hochgekrempelt. Er sieht gut aus, aber seine Augen sind angespannt und besorgt.

Seine Anwesenheit raubt mir den Atem. Mein ganzer Körper summt vor Erwartung.

Zum Teufel mit meinem Körper.

Wie kann ich innerhalb eines Herzschlags von quälenden Schmerzen zu flatternder Erwartung übergehen? Ich fühle alles, wenn er in der Nähe ist. Das war schon immer so.

Ich möchte weglaufen und mich verstecken.

Ich möchte mein Gesicht an seine Brust drücken und in seine Arme geschlossen werden.

Ich bin ein zwiespältiges Wirrwarr.

Zach bleibt kurz hinter der Schwelle stehen. »Nessa, kann ich mit dir reden?«

Mira geht in die Mitte des Raumes. »Ich werde −« Sie blickt erst nach links, dann nach rechts, aber ihre Wohnung ist winzig. Das einzige Schlafzimmer liegt direkt neben dem Wohnzimmer und die Wände sind dünn. Sie kann nirgendwo hingehen, um uns etwas Privatsphäre zu geben.

»Fährst du mit mir spazieren?«, fragt Zach.

Ich nicke. Ich glaube nicht, dass es eine gute Idee ist, mit ihm allein zu sein. Ich will mich nicht zu etwas überreden lassen, wogegen mein Herz sich nicht wehren kann. Was Zach betrifft, so möchte ich, dass diesmal mein Kopf das Sagen hat, und dafür ist Distanz ausschlaggebend. Aber er hat recht. Es gibt keinen Ort, an dem wir unsere schmutzige Wäsche waschen können, ohne dass sowohl Mira als auch Tyler mithören.

Ich schnappe mir meine Handtasche und ziehe die nudefarbenen Plateaus an, die ich vorher getragen habe. Ich habe immer noch die geliehene Jogginghose und das Sweatshirt an, aber was soll's. Zach hat mich schon in schlimmerer Kleidung gesehen. Oder auch in gar keiner. *Oh Gott.*

Er legt seine Hand auf meinen unteren Rücken, bringt mich zu seinem Truck und öffnet mir die Tür. Das ist die typische Pärchengeste, und sie kotzt mich an. Er trägt nichts dazu bei, die Verwirrung zwischen meinem Gehirn und meinem Herzen zu lindern.

»Tut mir leid, Ness«, sagt er, sobald wir auf der Hauptstraße sind. »Ich hätte dir sagen sollen, was mit Alexis passiert ist. Ich habe gedacht, ich könnte es ignorieren, dass es uns nicht betreffen würde, aber ich habe mich geirrt. Ich möchte nichts vor dir verheimlichen.« Er sieht mich an, und verdammt sei mein Herz, denn es schlägt schneller.

Mein Gehirn feuert alle Arten von Liebesbotschaften auf den aufrichtigen Blick in seinen Augen ab. Was bedeutet, dass ich in Schwierigkeiten bin. Gehirn und Herz können nicht auf derselben Seite stehen, wenn ich dieser schmerzhaften, einseitigen Beziehung ein Ende setzen soll.

»Du kannst nichts sagen, was mich dazu bringt, meine Meinung zu ändern, Zach. Selbst wenn es nur ein Kuss war, du hast mir gesagt, dass es mit dieser Frau vorbei ist, und das ist es eindeutig nicht.« Es ist mir egal, wie sehr ich mit ihm zusammen sein will, ich lasse mir diesen Mist nicht bieten.

»Du kennst nicht die ganze Geschichte. »Ich habe sie weggestoßen, sobald wir in ihrem Hotelzimmer waren. Ich habe ihr – *noch einmal* – gesagt, dass es vorbei ist.«

Er stößt einen tiefen Seufzer aus. »Als ich anfing, mich mit Alexis zu treffen, war ich jung und verletzlich. Ich übernehme die Verantwortung dafür, mich auf etwas eingelassen zu haben, von dem ich wusste, dass es nicht richtig war. Diese Beziehung zog sich viel zu lange hin, aber das ist nicht nur ein Spruch, wenn ich dir sage, dass es vorbei ist. Für mich ist es wirklich vorbei.«

Als er in eine Einfahrt biegt und den Motor abstellt, wird mir klar, dass wir vor seinem Haus sind.

»Nessa – Alexis und alle anderen, mit denen ich zusammen war, sind ein Teil meiner Vergangenheit. Ich möchte, dass du meine Zukunft bist. Ich verdiene dich nicht, aber ich will dich. Was du heute Abend gesehen hast, war Alexis, die kein Nein akzeptiert. Ich habe sie davon überzeugt, dass sie das tun muss. Und tut sie es nicht, gehe ich zur Polizei, weil ich ihren Scheiß satt habe.«

»Wovon redest du?«

»Der einzige Grund, warum ich vorhin auf Alexis‘ Zimmer gegangen bin, ist, um Antworten zu dem Unfall meiner Mutter zu bekommen. Ich hatte kurz davor erfahren, dass sie dabei war, als meine Mutter stürzte. Aber Alexis tat, was sie immer tut, und nutzte die Situation aus. Ich kenne sie schon fast mein ganzes Leben lang und ich will sie nie wiedersehen. Das ist die Wahrheit.«

Er seufzt wieder. »Von dem Moment an, als du und ich uns geküsst haben, Ness, gehörten wir für mich zusammen. Wir haben schon immer zusammengehört. Ich hätte diesem Sal fast eine verpasst, weil er mit dir ausgehen wollte.«

»Das ist nicht, was Sal –«

»Doch, das wollte er. Glaub mir, ich weiß, wie Kerle denken. Und wenn ein Mann auch nur einen Bruchteil der Gefühle hat, die ich für dich empfinde, wird er versuchen, die Sache klarzumachen. Ich weiß, dass das keinen Sinn ergibt, wenn man bedenkt, dass ich meine Gefühle nie gezeigt habe, aber die ganze Zeit über hat mein Herz immer dir gehört. Ich hatte einfach zu viel Angst davor, alles zu versauen. Ich habe viel Zeit verschwendet, aber ich liebe dich, Nessa. Ich bin schon seit sehr langer Zeit in dich verliebt. Du bist der schönste Mensch in meinem Leben. Bitte – Herrgott« –- er lehnt den Kopf gequält zurück – »bitte gib uns noch eine Chance.«

Ich bin nicht froh, dass er so lange gewartet hat. Ich bin nicht glücklich darüber, dass diese Alexis versucht hat, sich an ihn zu klammern. Aber ausnahmsweise sind mein Kopf und mein Herz sich vollkommen einig.

Ich strecke meine Hände nach ihm aus, er umfasst meine Taille und zieht mich fest an sich, umarmt mich so fest es die Armlehne zwischen uns zulässt.

Er küsst mein Gesicht, meine Augenlider. »Es tut mir leid, ich hätte dir früher sagen sollen, was heute Abend passiert ist. Ich hätte dir alles erzählen sollen. Wollte dich einfach nicht verlieren.«

Ich rücke von ihm ab. »Du sagst immer wieder, dass du mich nicht verdienst, aber du verdienst es, glücklich zu sein, Zach, auch wenn es mit jemand anderem ist. Aber ich bin glücklich, dass du mich gewählt hast.« Ich lächle, und er küsst mich tief und drückt mich an sich, genau so, wie ich es von ihm mag.

»Ich werde immer dich wählen«, murmelt er zwischen zwei Küssen.

»Ich liebe dich auch, aber verdammt nochmal, du hast mich lange warten lassen, um mit dir zusammen zu sein.«

Ich spüre, wie er an meinem Hals lächelt. »Du kannst mich ab sofort bestrafen. Solange wir nur zusammen sind.«

Er hebt den Kopf und küsst mich, bis ich nicht mehr atmen kann. Ich will nicht einmal mehr atmen. Wer braucht schon Sauerstoff für sein Gehirn, wenn das Herz die ganze Zeit gewusst hat, was richtig ist? Ich hätte nie an meinem Herzen zweifeln sollen.

Mein Herz ist ein Genie.

Kapitel Zehn

Deborah, die Marketingmanagerin des Blue Casino, sowie Hayden, Miras Chef, und Adam Cade, ein Manager aus dem Hotelbereich, sitzen hinter einem langen Tisch und interviewen mich für das Marketingpraktikum. Ich wäre auch verdammt nervös, wenn dieses Vorstellungsgespräch nicht so unterhaltsam wäre.

»Also, Nessa«, sagt Hayden. »Sie geben in Ihrem Lebenslauf an, dass Sie während Ihres letzten College-Jahres für die sozialen Medien der Universität verantwortlich waren. Ist das korrekt?« Ich nicke, und sie dreht Adam den Rücken zu, lehnt sich zu Deborah hin. »Deborah und ich haben darüber gesprochen, jemanden zu finden, der uns mit unseren Social Media-Präsenzen hilft. Es ist eine große Aufgabe. Sie allein könnte das gesamte Praktikum in Anspruch nehmen.«

»Ich bin an soziale Medien gewöhnt. Ich hatte ein System, um an der Universität damit Schritt zu halten. Ich denke, ich könnte das machen und hätte immer noch Zeit für andere Projekte.«

Adam setzt sich auf und stützt seine Unterarme auf

den Tisch, stupst dabei Hayden in die Seite und zwingt sie, ein Stück hinüberzurutschen. »Das Hotel wird dieses Jahr eng mit der Marketingabteilung zusammenarbeiten. Ein effizienter Umgang mit den sozialen Medien ist der Schlüssel, wenn der Praktikant oder die Praktikantin an Besprechungen teilnehmen und die Kommunikation zwischen den beiden Abteilungen erleichtern soll.«

Haydens presst ihre Lippen aufeinander. »Adam, dieser Praktikant wird nicht dem Hotel unterstellt sein. Und selbst, wenn doch, wäre er nicht dir unterstellt.«

Adams Lippen zucken. »Natürlich, Hayden. Du bist der Boss.«

Haydens sieht ihn mit schmalen Augen an.

Deborah blickt die beiden an, dann verdreht sie unauffällig die Augen. »Adam sagt da etwas Wichtiges. Bei dem Tempo, in dem unser Unternehmen läuft, wäre ein Praktikant, der helfen könnte, die Kommunikationslücke zwischen den Abteilungen zu schließen, von Vorteil.«

Hayden macht ihre Schultern breit und stößt dabei an Adams Arm. Aber anstatt beiseite zu rücken und ihr Platz zu machen, lehnt er sich gegen sie und berührt unter dem Tisch ihr Bein mit seinem.

Haydens Gesicht wird deutlich rot.

Die Führungskräfte sind so viel unterhaltsamer als die Angestellten unten im laufenden Betrieb. Es ist, als würde ich mir Schweinekram im Fernsehen ansehen.

»Nun, ich glaube wir haben die Informationen, die wir brauchen«, sagt Deborah und unterbricht den nichtverbalen Kampf der beiden.

Hayden fragt, ob ich noch weitere Fragen habe, dann beendet sie das Vorstellungsgespräch.

»Wie ist es gelaufen?«, fragt Mira, als ich ein paar Minuten später in ihr Büro komme.

»Ich glaube, ganz gut.« Ich ziehe die Augenbrauen hoch, ein breites Grinsen zieht sich über mein Gesicht.

»Das ist ein unglaublich fröhlicher Gesichtsausdruck. War es so gut?«

Jetzt, da Zach und ich seit ein paar Wochen offiziell zusammen sind und es zwischen uns keine Spannungen oder Unsicherheiten mehr gibt, ist es einfach, zu lachen und den Humor im Leben zu finden.

Ich schließe leise die Tür und setze mich auf den Stuhl gegenüber von ihrem Schreibtisch. »Das Gespräch ist wirklich gut gelaufen, aber – was hat es mit Hayden und Adam auf sich?

»Oh Gott, haben sie gestritten?«

»So was in der Art. Ich beschwere mich aber nicht, denn sie zu beobachten hat mich daran gehindert, nervös zu werden.«

Mira schüttelt den Kopf. »Sie sollten endlich vögeln… aber das ist tabu, weil sie sein Boss ist und er einen Stock im Arsch hat, sodass sie–« Sie formt mit ihren Finger Krallen und macht ein knurrendes Geräusch.

»*Wow.*«

Mira zuckt mit den Achseln. »Genau. Sie bringen mich noch um den Verstand. Ich versuche, mich aus der Schusslinie zu halten.«

Jemand klopft leise an die Tür, eine Sekunde später kommt Hayden herein.

»Oh, hallo, Nessa. Ich bin gekommen, um mit Mira zu sprechen, aber ich bin froh, dass Sie noch hier sind. Haben Sie einen Moment Zeit?«

»Natürlich.« Ich stehe auf und frage mich, ob ich ihr meinen Platz anbieten soll. Außer Miras ist es der einzige Stuhl. Ich entscheide ich mich aber dafür, nervös stehen zu bleiben.

»Nun«, sagt sie mit einem Lächeln, »ich habe mit

meinen Kollegen gesprochen und – Sie haben das Praktikum. Es war einstimmig. Wir freuen uns sehr, Sie an Bord zu haben. Adam und Deborah können es kaum erwarten, dass Sie anfangen. Wir hinken hier oben ziemlich hinterher und könnten jemanden mit Ihren Fähigkeiten gebrauchen.«

»Ach ja, *danke*. Und ja, ich kann das übernehmen. Ich kann jederzeit anfangen.«

Sie grinst. »Ausgezeichnet. Ich werde Sie diese Woche anrufen, um einen Arbeitsplan zu besprechen. Wie ich höre, arbeiten Sie immer noch bei Blue als Kellnerin. Es sollte kein Problem sein, außerhalb Ihrer Schicht zu arbeiten, wenn Sie denken, dass drei bis vier Stunden am Nachmittag machbar sind?«

»Ja, kein Problem.«

Adam kommt an der Tür vorbei, und ich schwöre, Hayden steht plötzlich gerader. Als ob sie ihn spüren könnte, blickt sie über ihre Schulter und lächelt uns dann steif zu. »Wunderbar. Ich melde mich dann.« Sie geht in die entgegengesetzte Richtung davon.

Mira geht zur Tür und schließt sie hinter ihrer Chefin. »Oh mein Gott, oh mein Gott!«

»Ich hab' den Job«, quieke ich und meine Wangen verkrampfen, weil ich über das ganze Gesicht grinse.

Zach

ICH WEISS NICHT, warum ich nervös bin. Ich war nicht derjenige mit dem Vorstellungsgespräch. Aber das ist mein Mädchen im Blue, das den hohen Tieren gegenübersitzt. Ich will nicht, dass sie verletzt wird.

Tja – deshalb hatte ich Angst davor, mit Nessa ein

Risiko einzugehen. Ich möchte sie verflucht noch mal beschützen. Und sie lieben. Sie auch in meinem Bett lieben, denn verdammt, das macht Spaß. Ich denke an letzte Nacht und an die Stellung, die wir im Whirlpool ausprobiert haben. Das müssen wir wiederholen. Bald. Der Whirlpool ist mein neuer Lieblingsplatz geworden, um Zeit mit Nessa zu verbringen.

Ich schüttle den Kopf. Ich denke nur noch an mein Mädchen.

An *mein Mädchen*. Ich mag den Klang dieser Worte. Sie gehört mir und ich gehöre ihr und das ist alles, was zählt. Ich grinse, während ich das Hühnchen für die Tacos heute Abend zubereite. Alle kommen zu unserem wöchentlichen Abendessen. Keine kranken Freundinnen mehr, die die Jungs zurückhalten, und keine Arbeitsverpflichtungen. Ich weiß aus zuverlässiger Quelle, dass es heute Abend keine Blue-Veranstaltungen gibt, sodass Mira keinen Grund hat, abzusagen. Sogar Tyler hat seine Buchbearbeitungen abgeschlossen und wird hier sein.

Die ganze Bande ist wieder zusammen. Es wird das erste Mal sein, dass wir Zeit miteinander verbringen, seit Nessa und ich ein Paar sind.

Einige der Jungs haben mich gefragt, was los ist. Sie ahnen etwas, vor allem, nachdem ich Nessa bei Mira und Tyler abgeholt und sie nicht wieder zurückgebracht habe. Das habe ich von Mira noch lange zu hören bekommen. Und obwohl es mir egal ist, wer weiß, dass Nessa und ich zusammen sind, habe ich nicht das Bedürfnis, auf Einzelheiten einzugehen, wie es dazu gekommen ist. Nessa ist die wichtigste Person für mich. Das ist alles, was sie wissen müssen.

Die Tür öffnet sich knarrend, und ich drehe mich um. Nessa lässt ihre Handtasche auf einen der Wohnzimmerstühle fallen, kommt herüber und umarmt mich ganz fest. »Mmmh, du fühlst dich gut an«, sagt sie.

Sie weiß genau, dass ich unbedingt wissen will, was passiert ist. Sie lässt mich warten, das freche kleine Ding. Ich packe ihren Hintern. »Und? Wie ist es gelaufen?«

Sie greift um mich, stiehlt geriebenen Käse von der Theke und stopft ihn sich in den Mund. Ich beobachte, wie sie kaut, und eine nasse rosa Zunge ein kleines Stück Käse von ihrer prallen Unterlippe leckt.

Ich ziehe sie näher zu mir. »Du solltest mir am besten die Kurzversion erzählen, denn wenn ich dir beim Essen zusehe, komme ich auf dumme Ideen. Wir haben noch etwas zu erledigen, bevor unsere Freunde kommen.« Ich wackle mit den Augenbrauen.

Sie greift nach unten und betastet meine Erektion. »Ich habe sie.«

Mein Kopf ist leer. »Du hast sie?« Meine Erektion. Ja, ja, die hat sie. Ich beuge mich nach unten und küsse die glatte Haut ihres Nackens. »Was, Babe? Mich? Ja, aber das weißt du ja schon.«

Sie beginnt, die Knopfreihe ihrer weißen Bluse von oben zu lösen, ein schmaler brauner Rock betont ihre schönen Kurven. Ich ziehe den Saum ihres Oberteils aus dem Rock und mache mich an die unteren Knöpfe.

»Die Praktikumsstelle«, sagt sie.

Ich schiebe die Bluse an ihren Armen hinunter und werfe sie zur Seite. »Du hast sie?« Sie grinst nur, und ich umarme sie innig, wobei ich darauf achte, sie nicht zu fest zu drücken. Meine Süße ist zierlich und ich möchte ihr nicht wehtun. »Herzlichen Glückwunsch. Nicht, dass ich daran gezweifelt hätte. Natürlich hast du den Job bekommen. Wer würde dich nicht wollen?«

Sie grinst und beugt sich zu meinem Ohr. »Also, wo

waren wir?«, flüstert sie, und ich spüre, wie sie mir das Hemd über den Rücken zieht.

Ich reiße es über meinen Kopf und ziehe mir schnell die Hose aus. Ich entferne irgendein Gürtelding, das sie sich um die Taille gebunden hat, und das wahrscheinlich der letzte modische Schrei ist, aber für mich wie eine Samurai-Schärpe aussieht, dann schiebe ich ihren Rock hoch und hebe sie in meine Arme.

»Unsere Freunde werden in einer halben Stunde hier sein, aber du verdienst eine Menge Lustgewinn für deine gute Arbeit heute, also beeilen wir uns besser.

Sie kichert und schlingt ihre sexy Beine um meine Taille, während ich mit ihr den Flur hinunter und in mein Schlafzimmer laufe. Ich springe, drehe mich in der Luft und lande rückwärts auf dem Bett, Nessa obenauf.

»Ahhh!«, schreit sie über mir, ihr Körper hüpft – zumindest die guten Stellen.

Ich ziehe ihren Mund zu mir und küsse sie, während meine Hand an ihrem Bein hinaufrutscht zu der süßen Stelle, an die ich den ganzen Nachmittag gedacht habe. Verdammt, ist mein Mädchen heiß.

Nessa setzt sich auf und schlüpft aus ihrem Höschen, ihr Rock liegt um ihre Taille. Sie zerrt an meinen Boxershorts. Ich hebe meine Hüften an, damit sie sie weit genug nach unten ziehen kann. Kühle Luft trifft auf meine Erektion, dann bedeckt mich ihr weicher, warmer Körper.

Ich stöhne. Die Perfektion ihres Körpers an meinem ist etwas, das ich nie begreifen werde. Wir passen zusammen – das haben wir immer getan. In jeder erdenklichen Hinsicht. Ich hatte nur zu viel Angst, danach zu greifen.

Wenn ich darüber nachdenke, auf welche Weise ich Nessa liebe und lieben möchte, steigt mein Puls, und der Druck in meiner Leiste wird stärker. So sehr, wie sie mich erregt, könnte es in zwei Minuten vorbei sein, wenn ich nicht aufpasse – okay, in einer, wenn ich ehrlich bin – aber das wird nicht passieren.

Ich drehe sie um und arbeite mich zentimeterweise an ihrem Körper nach unten. Ich öffne den hübschen lavendelfarbenen BH, den sie, böses Mädchen, unter ihrem Business-Oberteil versteckt hatte. Ich küsse eine Brust, dann die andere, meine Handflächen folgen meinem Mund. Ich knöpfe ihren Rock auf, erwäge, ihn auszuziehen, dann beschließe ich, dass es zu viel Arbeit ist und es wichtigere Stellen gibt, um die ich mich jetzt kümmern muss.

Meine Augen verweilen auf ihren hübschen Beinen und dem Teil von ihr, den ich als meinen persönlichen Himmel betrachte. Ich halte die Rückseite ihrer Oberschenkel fest, schiebe ihre Beine hoch und lecke ihre Mitte.

Sie stöhnt. Ich tue es immer und immer wieder, genieße die kleinen Geräusche, die sie von sich gibt, aber das reicht nicht aus. Ich will, dass sie vollkommen verrückt wird.

Ich führe einen Finger ein und finde die Stelle von neulich, wo es ihr besonders gefällt.

Ihr Atem stockt. »Zach«, sagt sie, ihre Stimme ist hauchdünn und verdammt sexy.

Ich höre nicht auf. Mein Mund, meine Hände sind überall an ihr, verwöhnen und lieben sie, bis sie aufschreit, ihr Körper sich verkrampft, sie mit den Händen ein Kissen über ihr Gesicht drückt.

Sie wirft das Kissen zur Seite und bläst sich eine Haarsträhne aus dem Mund. »Aaaaah… Kann nicht sprechen.«

Ich küsse die Innenseite ihres Beins und arbeite mich wieder nach oben. »Nicht nötig. Lass mich einfach die Arbeit machen.«

Ein unziemliches Schimmern leuchtet in ihren Augen auf, als sie sich auf meinen Schoß setzt. Bevor ich herausfinden kann, welche Stellung ihr vorschwebt, bin ich in ihr und sie fällt auf mich, klemmt meine Beine unter uns ein. Das könnte in einem höllischen Krampf enden, aber ich verliere lieber ein Bein, als aufzuhören.

Ich packe ihren Arsch und küsse die schönen Brüste, die vor meinem Gesicht wippen – der erregendste Anblick, den man sich vorstellen kann. Wie vorausgesagt, kommt mein Höhepunkt hart und schnell, und wenn ich mich nicht irre, kommt sie auch, weil ich spüre, wie sie mich bis auf den letzten Tropfen ausmelkt. Und sie kann alles haben. Ich möchte ihr alles geben und noch mehr.

Unsere Atemzüge sind unregelmäßig, während ich meine Beine unter uns aufrichte. Nessa sitzt immer noch auf mir und schmiegt sich in meinen Schoß.

Ich rolle mich zur Seite und nehme sie mit.

Sie dreht sich um, und ich lege mich hinter sie. Ich könnte ohne weiteres so einschlafen.

Nessa greift nach hinten und gibt mir einen Klaps auf den Hintern. »Nicht schlafen. Sie kommen bald.« Sie klettert aus dem Bett, ihr süßer kleiner Hintern wackelt auf dem Weg ins Badezimmer.

»Wo gehst du hin?«, krächze ich.

»Duschen, Zach. Wirklich, du darfst nicht einschlafen. Du bist derjenige, der uns ernährt.«

Stimmt, keiner meiner Freunde kann kochen. Das muss ich ändern. Die Zeit, die ich allein mit meinem Mädchen verbringen kann, kommt sonst zu kurz.

Ich möchte zwar schlafen, habe vielleicht keine Lust, aufzustehen und meine Freunde zu füttern, aber was soll's – das ist ein gutes Problem.

Nessa ist mein blauer Streifen am Himmel – der Blitz, der mich von den Füßen gehauen hat, als ich sie zum ersten Mal traf. Ich war nie der Meinung, dass ich sie verdiene, aber das tue ich. Endlich habe ich ihr helles Licht ergriffen, und es gibt nichts Besseres, als mein Leben mit ihr zu teilen. Denn ich bin der Mann, der sich um sie kümmern und sie mehr lieben wird, als je ein Mann eine Frau geliebt hat. Ich mag sie von Zeit zu Zeit verärgern, aber ich werde ihr nie einen Grund geben, an meiner Hingabe zu zweifeln.

Sie hat mich – ganz und gar.

Epilog

Zach

Ich fahre zu dem kleinen, braunen heruntergekommenen Duplex in der Nähe von Nessas alter Wohnung. Zwei Haustüren führen zur Straße hinaus, in der Mitte ein Carport, der die beiden Einheiten trennt. »Und? Was denkst du?«

»Es ist…« Nessa neigt ihren Kopf und betrachtet das Haus.

»Eine Bruchbude«, sage ich für sie. »Aber ich werde es herrichten. Glaubst du nicht, dass es Potenzial hat? Mit neuer Farbe und ein wenig Landschaftsgestaltung?«

Bis jetzt hat Alexis nicht mehr versucht, mich zu erreichen, seit sie mich in ihrem Hotelzimmer geküsst hat, und ich habe sie nicht mehr im Casino gesehen. Ich glaube, sie nimmt mich endlich ernst, Gott sei Dank. Ich will nicht zur Polizei gehen, aber ich werde es tun, wenn sie noch einmal etwas versucht. Jetzt, wo Nessa und ich zusammen sind, möchte ich einfach das weiter ausbauen, was wir miteinander haben. Nichts hat sich jemals richtiger angefühlt.

Nessa lächelt mich an. »Das ist großartig. Und ich werde helfen. Wir werden den Umbau zum Projekt machen. Ich wette, die Gang wird auch nicht nein sagen.«

Das ist doch eine gute Idee. Wird auch Zeit, dass meine Freunde, die sich bei mir kostenlos mit Essen versorgen lassen, mit anpacken. Sie haben meine Küche seit Jahren als ihre eigene benutzt. »Ich werde sie heute Nachmittag anrufen. Der Kauf ist in zwei Wochen abgeschlossen, und wenn wir es richtig planen, können wir schnell rein und mit der Renovierung beginnen. Je schneller ich die Arbeit erledige, desto eher kann ich Mieter haben.«

Ich träume davon, ein paar Doppelhäuser zu besitzen und von der Miete zu leben. Das wird zwar noch ein wenig dauern, aber es ist ein Anfang. Land zu besitzen, gibt mir die Stabilität, nach der ich mich sehne, und mit Nessa bei Blue zu arbeiten, während ich mein Imperium aufbaue, bedeutet mehr Zeit mit ihr.

Blue wird Nessa in Kürze als Vollzeitmitarbeiterin in der Marketingabteilung einstellen. Sie ist erst seit ein paar Monaten dort, aber sie ist so gut, dass sie bereits von einer Praktikantin zu einer Teilzeitkraft aufgestiegen ist.

»Lewis hat all diesen extra Kies auf seinem Hof herumliegen, jetzt, wo sein Gartenprojekt abgeschlossen ist«, sagt Nessa. »Ich frage mich, ob er dir den Rest geben würde? Ach ja, und du könntest Jaeger bitten, hübsche Holzfensterläden mit eingeschnittenen Kiefern zu machen. Das wird so entzückend! Wir könnten sogar eine Ausmalparty veranstalten.«

Ich packe sie und küsse sie fest auf den Mund. »Eine Oben-ohne-Ausmalparty?«

»Wenn unsere Freunde da sind?«

»Aber nein. Bevor unsere Freunde kommen. Wie eine Oben-ohne-Vorbereitungsparty für die Malparty – eine, an der nur du und ich teilnehmen. Ganz nach meinem Geschmack.«

Ich habe Nessa nichts gesagt, weil ich sie nicht abschrecken will, aber ich lege deshalb so ein Tempo vor, mehr Eigentum zu besitzen, weil ich in der Lage sein will, für uns beide zu sorgen. Wenn Nessa arbeiten will, unterstütze ich sie voll und ganz. Aber ich möchte in der Lage sein, für sie zu sorgen, egal in welcher Situation. Das ist mir wichtig.

Sie schüttelt genervt den Kopf, aber sie hat ein unartiges Grinsen im Gesicht. »Oben-ohne-Whirlpool-nach-der-Ausmalparty?«

»Verkauft.«

Weiter von Jules

Lieber Leser,

Ich hoffe, Ihnen hat die Geschichte von Nessa und Zach in *Mehr als nur Freunde* gefallen!

Sind Sie bereit, herauszufinden, wie Hayden die bösen Buben des Blue-Casinos im letzten Teil der Die Männer aus Lake Tahoe in die Schranken weisen wird? Oder sind Sie vielleicht einfach nur neugierig auf Haydens sexy neuen Kollegen Adam und seine Rolle im Blue Casino Old Boys' Club?

Schnappen Sie sich jetzt **Er ist mein Feind**, das letzte Buch der Serie Die Männer aus Lake Tahoe.

xoxo,
Jules

Er ist mein Feind

Adam Cade ist eingebildet, arrogant – und er erinnert sich nicht an mich.

Adam ist der Prinz von Lake Tahoe, in eine der wohlhabendsten Familien der Gegend geboren. Und er ist der einzige Mensch, von dem ich gehofft hatte, ihm aus dem Weg gehen zu können.

Er erkennt mich nicht wieder.

Er erinnert sich definitiv nicht daran, dass er dieser ganzen Stadt geholfen hat, mein Leben zu ruinieren.

Jetzt, wo wir zusammenarbeiten, bleibt mir nichts anderes übrig, als mich diesem arroganten Arsch zu nähern. Denn nur so kann ich meinen Job behalten.

Doch je näher ich ihm komme, desto weniger sehe ich von dem Kerl, der mir in der High School Unrecht getan hat, und umso mehr kommt der süße, attraktive Mann zum Vorschein, der er jetzt ist.

Holen Sie sich *Er ist mein Feind jetzt!*

Keine Regeln

Vermieter küsst man nicht (Band 1)

Mitbewohner küsst man nicht (Band 2)

Die Cade-Brüder

Levis Versuchung (Band 1)

Wes' Herausforderung (Band 2)

Brans Verführung (Band 3)

Hunts Bekehrung (Band 4)

Die Männer aus Lake Tahoe

Er ist tabu (Band 1)

Er ist unwiderstehlich (Band 2)

Seine zweite Chance (Band 3)

Mehr als nur Freunde (Band 4)

Er ist mein Feind (Band 5)

Jules Barnard ist *USA Today*-Bestsellerautorin und schreibt Liebesromane und Romantic Fantasy. Zu ihren Contemporary-Reihen gehören die *Men of Lake Tahoe* und die *Cade Brothers*, die nun erstmals auch auf Deutsch erscheinen. Ganz gleich, ob sie über sexy Kerle in Lake Tahoe oder eine Feenwelt schreibt, die sich auf einem College-Campus verbirgt, Jules' Geschichten machen sofort süchtig und sind voller Herz und Humor.

Wenn Jules nicht gerade in Jogginghose am Schreibtisch sitzt oder sich fürs Schreiben mit Pralinen belohnt, verbringt sie ihre Zeit mit ihrem Mann und zwei Kindern in einer Kleinstadt in Washington an der Pazifikküste. Auf ihre Fähigkeit, auch auf dem Laufband oder beim Kochen lesen zu können, ist sie mächtig stolz. Manchmal brennt dabei allerdings auch das Abendessen an.

Ihr wollt mehr über Jules erfahren?